Entre dos mundos

Isabel Gallardo Fernández

Título original: Entre dos mundos.
1ª edición: enero, 2023
© 2023, Isabel Gallardo Fernández
ISBN: 9798373857383
Imagen de la portada «Olas», acrílico sobre tela pintado a espátula.
© 2019, Patricia Goetschel

Todos los derechos reservados. Bajo las sanciones establecidas por las leyes, queda rigurosamente prohibida, sin autorización escrita de los titulares del *copyright,* la divulgación total o parcial de esta obra por cualquier medio o procedimiento, comprendidos la reprografía y el tratamiento informático, así como la distribución de ejemplares mediante alquiler o préstamo públicos.

Los sucesos y personajes retratados en esta novela son completamente ficticios. Cualquier parecido con personas reales, vivas o muertas, o con hechos reales es pura coincidencia.

A mi hija, Xiana, por haber nacido.

A mi marido, Andreas, por su apoyo incondicional.

A Patricia, por poner color a la portada de mi libro.

A Javier, sin él no hubiera sido posible la publicación.

Y a los que ya se han ido, pero siguen conmigo.

Y a pesar de la distancia, encontraré la manera
de estar a tu lado

Capítulo 1

Estaba inmóvil, su cuerpo se negaba a obedecerle y ya no le quedaban fuerzas para seguir intentándolo. Se dejaba llevar por la inercia que lo dominaba, ya que su espíritu de lucha lo había abandonado. Se sentía en el limbo y sería donde se quedaría. Sin embargo, sabía que no pertenecía a ese lugar, pues allí solo podían entrar los que no habían sido bautizados. Tal vez, algún día, apareciera una fuerza mayor que lo rescatase.

Hipólito estaba inmerso en el cultivo de una buena cantidad de tierras. Combinaba la labranza con la pesca de bajura en las embarcaciones que faenaban a lo largo de la costa. Aunque no tenía un día de descanso en su ajetreada vida, no estaba dispuesto a vender ni una sola cuarta de los terrenos que había heredado de sus antepasados. Se lo había prometido a su abuelo e Hipólito Carballal Espasandín era hombre de palabra, como todos los de su familia. Nunca le fallaría a nadie y menos a los suyos. El padre de Hipólito se había ido hacía dos años a la otra esquina del país para trabajar en la industria siderúrgica. En realidad, la razón principal de su marcha habían sido las desavenencias matrimoniales, pero de eso no se hablaba. A pesar de todo, asumía la responsabilidad que se esperaba de él y le mandaba a su mujer una buena cantidad de pesetas a principios de cada mes.

Nadie que no conociera la vida de Hipólito podría imaginarse que detrás de ese cuerpo fornido y robusto había una salud frágil y delicada. Sin embargo, todos los de aquella aldea pontevedresa sabían que Hipólito había padecido una dolencia pulmonar. La enfermedad no lo había llevado al camposanto, pero sí lo había dejado achacoso. Cargaba con una tos crónica y persistente acompañada de vómitos que lo obligaban a ralentizar sus quehaceres. Por suerte, tenía madre y mujer que lo cuidaban con esmero y lo ayudaban en las tierras.

Debido a las secuelas que le habían quedado de su afección, aún no había entrado a formar filas. Por ello, cada cierto tiempo estaba obligado a presentar un testimonio sobre su salud firmado por el médico. El organismo quebradizo que le había quedado a consecuencia del padecimiento, lo estaba librando del servicio militar de dos años de duración y posiblemente con destino en África. A eso había que añadir el riesgo de tener que ir al frente a combatir en caso de que se levantara una contienda entre países y estuvieran necesitados de soldados.

Después del nacimiento de su hijo, el segundo de sus dos vástagos, Hipólito empezó a sentirse mucho más fuerte y ágil. La expectoración fue cediendo hasta quedarse en el olvido, y nunca más tuvo que sentarse en las tierras mojadas a descargar la furia de sus pulmones, que arremetían contra el mundo escupiendo fluidos densos y oscuros. A pesar de todo, esa recién adquirida salud de roble no era ningún estímulo para el joven porque a partir de ese momento corría el peligro de ser reclutado y destinado muy lejos de su nación. En el peor de los casos, no podría volver nunca más al lado de los suyos ni al de sus amadas tierras.

—Te doy la enhorabuena, Hipólito, tus síntomas han desaparecido —dijo muy animado don Cipriano, el médico—. Estás tan lleno de salud como en tus mejores tiempos.

—Sí, don Cipriano, me encuentro muy bien —respondió Hipólito—. Lo único que me preocupa es el posible alistamiento en el servicio militar. Imagínese usted, ¿cómo se las arreglarían mi mujer, mis hijos y mi madre si yo no estuviera a su lado?

—Hipólito, Hipólito —repitió el médico con aire de reprimenda—. Tu primera obligación está con la patria, y tu deber como marido y padre ocupa un segundo lugar. Esto ya se aprende en la escuela y no digas que nunca lo has oído, pues nadie te creerá. Los tuyos saldrán adelante. Tu mujer trabaja en la fábrica de conservas, ella es el sustento de la familia y tú servirás a tu país. ¿Hay algo más honorable que eso? Por supuesto que no.

»Tienes que demostrarle a tus hijos que eres un hombre comprometido con tus valores patrióticos y dispuesto a luchar como un héroe, llegado el caso. Yo tendré que informar sobre tu salud como lo he hecho hasta ahora. Tú debes estar orgulloso de tu nueva responsabilidad como todos los de tu edad.

—Tiene usted razón, don Cipriano —dijo Hipólito antes de despedirse.

«Tanta verbosidad, solo para decirme que nunca en la vida me va a echar una mano —pensaba Hipólito afligido—. ¡Qué le importamos mi familia y yo a ese hombre!».

Se dio cuenta una vez más de que nadie regalaba nada. Estaba solo.

En esos instantes Hipólito entró en la madurez sin haber pasado la juventud. Estuvo toda la noche pensando en soluciones, igual que hacen todos los padres de familia cuando tienen que luchar para resolver problemas de gran magnitud.

Por la mañana, antes de vestirse para ir a faenar al mar, buscó la última carta de su primo Aniceto que hacía algún tiempo había emigrado a Venezuela. Se había despedido de él en el puerto de A Coruña con un efusivo abrazo. El apretujón había sido tan intenso que unas inconfundibles huellas de dedos le quedaron plasmadas en la piel durante varios días. Las marcas le hacían recordar los golpes que los dos se habían dado cuando eran pequeños, arrastrándose por el suelo, ahítos de furor.

Leyó el escrito con mucha atención y una pequeña luz empezó a iluminar la oscuridad del túnel.

Al día siguiente, le escribió al hijo de su tía preferida pidiéndole alojamiento y trabajo en el nuevo continente. Mas tuvo que esperar unos cuantos meses a que llegara la respuesta de su querido primo ofreciéndole toda su ayuda.

Gracias a su gran riqueza y recursos, el país del petróleo iba a rescatar de la pobreza a todos los originarios de la vieja Europa. En su caso, se libraría del servicio militar y al mismo tiempo labraría un porvenir para él y su familia.

Tendría que pensar minuciosamente cada paso a dar, pues para un futuro recluta no era fácil abandonar el país. Las autoridades exigían los informes que demostraran el cumplimiento de la obligación que la patria imponía antes de dejar el territorio. Por desgracia, él no tenía nada que enseñar y eso, por supuesto, se presentaba como el gran impedimento para realizar la travesía por el océano.

Con el tiempo el cerebro de Hipólito se convirtió en un hervidero de pensamientos. Ya no atinaba a nada porque tenía la mente muy lejos. Se encontraba en un lejano país, estando aún en el suyo y eso dio lugar a varios malentendidos en el seno de la familia.

—Te siento muy distante, Hipólito —se quejó su mujer, Josefa, temiéndose lo peor.

—Tengo muchas cosas en la cabeza, *muller* —respondió él—, ya sabes que lo que no faltan son problemas, pero no te preocupes que yo acabaré resolviéndolo todo como hago siempre. Para eso soy el cabeza de familia.

—¡No me miras, no me sientes, no me tocas! —se lamentaba Josefa—. Estoy abandonada y la verdad es que esta no era la idea que tenía yo del matrimonio. ¿Quieres confesarme algo? Soy tu mujer y tengo derecho a saber lo que ronda por tu cabeza.

—¡Josefa, baja a la realidad! —dijo Hipólito enérgico—. No necesito a otra en mi vida. Estoy contigo y así me quedaré porque mis sentimientos solo a ti te pertenecen. Confía en mí y dame algún tiempo, hasta que consiga encontrar lo que busco. Solo quiero que podamos vivir mejor y libres de preocupaciones.

—No entiendo toda esa monserga —se alteró Josefa—. No hablas claro y no compartes nada conmigo. Parece que te gusta verme sufrir y hasta creo que disfrutas haciéndolo. La verdad es que no te digo todo lo que pienso por respeto.

Hipólito no contestó y salió del cuarto que compartían en dirección a la cocina sin decir nada, porque no podía seguir esos diálogos que le exigía su mujer. Su voz interior le decía que era mejor permanecer en el más absoluto silencio, para no crear una gran alarma familiar que solo empeoraría las cosas.

Había hecho algunos contactos, intentando averiguar diferentes formas de salir del país, sin tener que pasar por el control de las autoridades, pero parecía algo utópico. La incapacidad de encontrar una solución le quitaba las ganas de todo. Había perdido el interés por los placeres de la vida y se movía como un autómata sin percatarse de lo que sucedía a su alrededor. El entorno al que pertenecía seguía su curso y él se había quedado estancado en un foso oscuro. Estaba en la penumbra y cuando vislumbraba un asomo de claridad pronto se desvanecía.

Una madrugada de primavera Hipólito se dirigió a faenar al mar, si saber que su vida estaba a punto de dar un cambio. Primero pasó por delante de sus compadres, que estaban tomando un poco de aguardiente de orujo para calentar el cuerpo antes de subir a sus botes, pero Hipólito tenía su mollera ocupada en otros menesteres y no reparó en ellos. Subió a la pequeña embarcación anclada y paciente que lo estaba esperando. De pronto, ya en cubierta, se encontró con un nuevo compañero de redes. El joven estaba preparando todo el instrumental necesario para pescar hasta el mediodía.

Hipólito se cubrió con la ropa de agua que siempre tenía en el interior de la embarcación y luego sacudió la cabeza con todas sus fuerzas. De algún modo, quería liberarse de una vez por todas del tormento de preocupaciones al que estaba sometido. Después se puso manos a la obra en silencio.

Le agradaba escuchar el graznido de las gaviotas. Mientras trabajaba, se dejaba llevar por aquella amena charla que los pájaros mantenían entre sí. Hipólito entendía su lenguaje y no necesitaba que le hablaran para comprender lo que intentaban transmitirle. Esas aves orientaban a embarcaciones de pescadores y de náufragos indicándoles la cercanía de la tierra. También, pensaba Hipólito, aquellas aves eran animales de felicidad, propiciadas de suerte y poseedoras de gran sabiduría.

El nuevo compañero de Hipólito era un *mozo* bajito, bromista y un charlatán con un incesante parloteo. El *rapaz* recordaba a las gallinas despavoridas que a veces corrían por los corrales ahuyentadas por la persecución de los gallos. Sus monólogos estaban formados por risas, bromas, preguntas, respuestas... Todo tipo de expresión cabía en la manera de comunicarse de Calixto, que así se llamaba ese curioso personaje, salido de la nada y puesto como una pieza más en aquel barco, pensado para cuatro.

Había cierta competencia entre los graznidos de las gaviotas y la cháchara del nuevo compañero de pesca. Hipólito se concentraba en los chillidos de sus queridas aves que le resultaban mucho más atractivos que el soliloquio de aquel hombrecillo tan peculiar.

—Seguro que nadie de vosotros ha oído hablar de barcos fantasmas —afirmó Calixto, fijándose en sus tres compañeros, mientras le daba cierto aire musical a las palabras—. Esos buques van a salvar a muchas familias de esta tierra. El mundo es de los valientes y solo los intrépidos consiguen cambiar su destino, —soltó una carcajada y a continuación preguntó—: ¿A qué no sabéis que hay unas islas llamadas Canarias de donde salen esos veleros cargados de patriotas que no necesitan papeles? Se suben a la aventura y desembarcan en el nuevo mundo. Todos saben eso, pero pocos se atreven a decirlo. Tal vez podamos huir lejos, muy lejos, mar adentro y anclar en un puerto forrado de oro —añadió el pescador entre risas al mismo tiempo que daba rienda suelta a su imaginación y soltaba parrafadas que parecían no tener fin.

Las gaviotas escucharon con atención las carcajadas del *rapaz* y se quedaron en silencio mientras posaban sus patas en un bote abandonado.

Hipólito observó detenidamente la reacción de los pájaros. Aunque pareciera una idea descabellada, las gavinas (aves de gran sapiencia) daban a entender con su comportamiento que aprobaban el testimonio que el chalado de Calixto acababa de canturrear. A Hipólito no le pasó inadvertido ese detalle que para él era de vital relevancia.

El joven se fue interesando cada vez más por la noticia y dirigió toda su atención a aquel *mozuelo* que acabó convirtiéndose en el protagonista de la jornada.

Hipólito tenía una personalidad tozuda y obsesiva y por eso, no conseguía soltar lo que anidaba en las células de su sistema nervioso. A partir del momento en el que conoció al parlanchín de Calixto, dejó de existir en su vida el séptimo día de la semana, como tiempo para dedicar al descanso y a la familia. El domingo pasó a convertirse en un conjunto de horas de peregrinaje por todas las *corredoiras* que conducían a los pueblos y aldeas más concurridos de la comarca. Allí se enteraba de los temas que iban a cambiar su futuro y los que en una fecha no muy lejana le abrirían la puerta al exterior. Todo aquello acabaría situándolo en un mundo inaudito del que nunca se hubiera imaginado haber podido llegar a formar parte.

—Siento que nunca más nos volveremos a ver —sollozó Josefa mientras miraba a su marido—. No puedo imaginarme la vida sin ti. ¿Cómo crecerán nuestros hijos?¿Quién será el cabeza de familia?

—Estaré siempre a vuestro lado —prometió Hipólito—. Os llevaré en el corazón y cuando nos abracemos de nuevo no volveremos a separarnos más. Confía en mí, pues nunca te he fallado y moveré cielo y tierra para que podamos vernos pronto.

Antes de aquella conversación, Hipólito había comprado un billete para subirse a un vapor que salía del puerto de A Coruña con rumbo a Tenerife. Allí tendría que conseguir embarcar en un velero fantasma con destino a Venezuela. Esos barcos ilegales llevaban a los que se tenían que ir a toda prisa para librarse de servir a la patria.

La madre de Hipólito sufrió un dolor intenso de oídos cuando su hijo le dio la noticia de su marcha. A partir de ese momento, empezó a desarrollar un mecanismo de defensa. Se trataba de una sordera momentánea que surgía de manera repentina al percibir la llegada de una mala noticia. Gracias a ese inusual recurso pudo disfrutar de una vida muy larga, satisfactoria y enfocada en la buena fortuna.

Josefa, hasta entonces una mujer sumisa, dedicada al servicio de su familia, a su trabajo en la fábrica de conservas y a los campos, dio un giro a su conducta mostrando un temperamento luchador y de armas tomar. Con el ansia de defender lo justo, atacaría como una leona al que intentara acercársele a ella o a cualquiera de los suyos con alguna artimaña.

Andrea, la adorada niña de siete años, por la que él se derretía, se pasaría una buena parte de su juventud, buscando al sustituto de su progenitor como compañero de vida. Como sus deseos no se hicieron realidad, se tuvo que conformar con la infelicidad al lado del bonachón que le tocó por marido.

Pepe, el hijo de Hipólito, tres años menor que su hermana, notaba la pena que flotaba en el ambiente. Por esa razón, se pegaba a su madre para que esta lo amparase y guiase con su cuerpo protector. Esa fue la postura del niño por aquel entonces, pero también sería la actitud que adoptaría hasta su muerte.

El día en el que aquel padre de familia, natural de una aldea pontevedresa y a punto de ser llamado a filas, decidió emprender vuelo, cambió el rumbo que el destino había planeado para todos los miembros de su familia.

Hipólito poseía un billete de barco hacia Tenerife y era un futuro pasajero de un *velero fantasma* con ruta a Venezuela. El pobre desconocía la andanza que le esperaba porque, si lo hubiera sabido, hubiera optado por el juramento de bandera con todos los honores que a ello se asociaban.

Se despidió de su familia alzando la mano con una expresión sonriente con la que intentaba suavizar el drama que había creado en la vida de las personas que más amaba.

La última imagen que les quedaría de su hijo, marido y padre serían cinco dedos rudos, dañados y golpeados por el duro trabajo elevándose en el espacio para luego desaparecer.

El largo viaje a las Islas Canarias resultó mucho más fácil de lo que se había imaginado y además resultó ser el medio que le facilitó el acceso a su soñado buque fantasma.

En la algarabía del barco que rompía las aguas en medio de su viaje por el océano Atlántico, conoció a varios gallegos que ya habían trazado una estrategia para conseguir una embarcación ilegal. A Hipólito se le había presentado la gran oportunidad sin haberla buscado, pues solo tenía que unirse a aquel grupo de jóvenes aventureros y confiar en la suerte.

Al llegar al puerto de Tenerife caminaron hacia un lugar donde se encontraba un individuo muy parecido a un corsario. Hipólito pensó que no le hubiera gustado encontrarse a ese hombre en la negrura de la noche, pues tenía la mirada sangrienta de un animal hambriento y feroz. Uno de los gallegos, posiblemente el más valiente, se dirigió a la figura del hombre indomable que estaba enfrente de él. Después de un intercambio de palabras, el corsario soltó unas risotadas que parecían salidas de ultratumba y que a Hipólito le recordaron al enterrador de su parroquia. Fue presa de un estremecimiento al instante porque le vino a la mente que eso podía ser una señal de un mal augurio. Pronto se tuvo que sacudir tales ideas de la cabeza, ya que los futuros pasajeros ilegales se fueron colocando unos detrás de otros a la espera de su turno.

Hipólito hizo lo mismo, mientras tocaba suavemente con sus dedos el fajo de billetes desgastados que llevaba en el bolsillo para pagarle al corsario.

El pontevedrés salió de las Islas Canarias en un itinerario que duró dos meses con seis días y que estuvo a punto de esfumarse en pleno océano, debido a los siniestros fenómenos atmosféricos que tuvo que vivir. En aquel mísero barco tuvo que soportar la agresividad de la naturaleza que estaba provista de una bravura inigualable y que intimidaba a los pasajeros, amenazándolos con la pérdida de la vida a la que todos se agarraban porque por muy mísera que fuera, era la única que tenían.

Los camarotes eran para la tripulación. Hipólito, como todos los viajeros, ocupaba un lugar en la cubierta del barco. Por la noche dormían encima de las tablas duras pegados unos a otros y, sin pretenderlo, se unían en aquella incierta aventura dándose ánimo. Por la mañana solo se enjuagaban la cara porque no tenían fuerzas para tirar de las cuerdas que sujetaban los barriles cargados de agua salada.

Uno de los pasajeros se tiró al mar, pues estaba harto de tanta suciedad. Tenía costras en la piel, provocadas por las picaduras de los insectos y además estaba lleno de quemaduras insoportables del sol. Una mezcla de sudores ajenos con sabor amargo se le habían impregnado en el cuerpo y una buena cantidad de piojos le habían provocado llagas en el cuero cabelludo. Quería liberarse de toda la cochambre que no podía soportar un minuto más para volver a resurgir y retornar a la embarcación, pero nunca llegó a cubierta, ya que fue devorado por una enorme criatura marina que le salió al encuentro.

Todos observaron la desgracia, pero nadie pudo mover la boca para exteriorizar sus sentimientos, pues de la impresión recibida se le habían paralizado las cuerdas vocales a la totalidad de los viajeros. Tuvieron que pasar días hasta dejar de comunicarse por señas y estar en condiciones de volver a expresarse verbalmente.

Poco a poco, la comida del velero fue escaseando porque la odisea estaba durando más de lo previsto. Los embarcados se intercambiaban el alimento que llevaban consigo y ese vínculo improvisado en situaciones precarias creaba sentimientos de solidaridad y protección.

Hipólito llevaba chicharrones que, con el paso del tiempo y las altas temperaturas, se iban descomponiendo. Sin pensar en las consecuencias, siguió comiendo de la carne que su mujer le había empaquetado hasta que tal imprudencia le provocó unos terribles retortijones que no se calmaban con nada. Una noche se despertó atormentado por el dolor con la sensación de que las vísceras se le desprendían del abdomen. En medio del griterío que se armó, apareció alguien de mente fría y práctica que le introdujo en la boca una botella con agua del mar. Hipólito no cesó de beber hasta la última gota con la esperanza de que se le aliviara el tormento. El remedio fue muy efectivo porque al rato estaba vaciando por dos de los orificios de su cuerpo la podredumbre que había almacenado en su estómago. El dolor se esfumó por completo y pudo descansar unas cuantas horas en cubierta, tapado de la cabeza a los pies con una manta amarillenta repleta de pulgas.

Ya no les quedaba agua potable, debido a que los barriles se habían vaciado por las arremetidas de las tempestades y por ello los cocineros solo podían preparar la comida con agua salada. La llegada de la lluvia se victoreaba como si se tratara de una fiesta patronal. Luego llenaban la cubierta del barco de cubos para no perder una gota del preciado líquido y a veces abrían la boca como si fueran pichones esperando el alimento que las madres palomas les introducían en sus gargantas.

Hipólito no estaba preparado para una lucha tan desesperada por la supervivencia. Era el hijo único de una familia de mucha riqueza en tierras y nunca había tenido que lidiar con semejantes desafíos. Aunque de los terrenos no se podía vivir, nunca se hubiera imaginado que el precio por abandonarlos fuera tan alto. Estaba arrepentido de la decisión que había tomado, porque le atormentaba la idea de no volver a pisar tierra firme. Lo que más lo martirizaba era el desconocimiento de las condiciones que podían acompañar sus últimas horas de vida en aquella siniestra embarcación. Nunca debería haberse subido a ella porque se veía a las leguas que no estaba preparada para las arremetidas del océano.

«¡Cómo pude haber sido tan inconsciente!», pensó Hipólito con los ojos llenos de lágrimas. Luego su pena desencadenó en llanto, mientras reclamaba a su padre, al que nunca más volvería a ver. Del llanto pasó a los gritos, que se amortiguaban con el ruido de las olas y nadie los podía escuchar. Estaba solo. En esos momentos desconocía por completo lo que aún estaba por llegar y también ignoraba la capacidad de aguante que un caguetas como él llevaba en su interior, en su instinto por sobrevivir.

Una noche soñó que había conocido a una buena *moza*, lozana y agraciada como la que más. Era la viva imagen de una preciosidad sacada de los *Cuentos de las mil y una noches*. En el sueño, la joven estiraba los brazos hacia Hipólito y lo invitaba a que se acercara para estrecharlo. Él murmuraba palabras placenteras, intentando tocar a esa escultural belleza en medio de la muchedumbre.

Afanado en la lucha por aproximarse a esa hermosura de mujer, digna de sultanes, la embarcación dio tal salto que, en un abrir y cerrar de ojos, despertó a todos los viajeros. Un poco confundido por haber sido arrancado tan bruscamente del deleite que lo estaba envolviendo, se creyó que la lindura oriental lo había rechazado. El universo que había construido se había caído bajo sus pies y le llevó un buen rato percibir la realidad tal y como se presentaba. Estaban ante uno de los temporales del Mar Caribe que, debido a sus terroríficas características, era difícil imaginarse otro igual.

El huracán los cogió a todos por sorpresa y parecía imposible salir con vida de un infierno semejante. Las olas caían encima del navío y lo golpeaban con todas sus fuerzas hasta hacerlo tambalear. El oleaje subía tanto que pareciera querer bañar las montañas, mientras el barco daba saltos, intentando mantenerse a flote en medio de la potente marejada que arrasaba con todo. Unos achicaban el agua y otros se amarraron al timón para ayudar a la tripulación a dirigir la embarcación antes de que perdiera el rumbo.

Muchos de los pasajeros se refugiaron en la bodega, incluido Hipólito, y con tablas que fueron clavando cerraron todos los huecos posibles. Luego esperaron a que pasara la tormenta que parecía no llegar a su fin.

La espera al desenlace duró unas treinta horas y al notar de nuevo la calma en el oleaje, descubrieron boquiabiertos la costa americana. El huracán los había llevado a su destino sin llegar a despedazarlos contra la costa.

Muchos de los porteños que observaban a los supervivientes desde la orilla se subieron a sus botes y, sin dudarlo un segundo, se lanzaron a socorrer a los recién llegados.

La Guardia Nacional tardó en aparecer y por eso muchos de los supervivientes lograron escapar y se libraron de ser enviados a trabajos forzados.

Solo a partir del año 1936 los buques fantasmas correrían otra suerte, pues el control policial en las costas caribeñas aumentó considerablemente con la idea de apoyar a Franco. Por lo tanto, todos los españoles que viajaron de manera ilegal, fueron calificados de comunistas al arribar a tierras venezolanas y conducidos a prisiones o lugares especiales destinados a los traidores al régimen.

Los gallegos se iban a *hacer las Américas* tras escoger cualquier país del nuevo continente como punto de destino. Compatriotas, que ya estaban instalados en esas tierras llenas de privilegios y fortuna, mandaban cartas extensas describiendo la opulencia en la que todos vivían. Parecía que los metales preciosos y el gran capital estaban esperando a todo nativo del noroeste de España.

La mayoría de ellos optó por montar algún negocio, después de haber trabajado duramente ahorrando lo máximo posible. Con el tiempo, muchos de ellos llegaron a formar parte de las clases medias altas del país.

Lo que quedaba del armazón del barco, donde viajaban Hipólito y sus compatriotas, seguía meciéndose en las aguas del mar sin poder determinar cuál era su ruta.

Ya había perdido el control y no era más que un manojo de palos, dominado por el vaivén de las olas.

Los pasajeros, que cubrían su intimidad con harapos, forzaban la vista para poder distinguir algo a lo lejos, pero sus ojos solo alcanzaban a ver siluetas en movimiento. Algunos de ellos agarraron tablas sueltas que estaban esparcidas por la cubierta y las convirtieron en remos con la esperanza de conseguir adelantar su llegada a territorio desconocido. Avanzaban muy lentamente y la espera les permitía dar rienda suelta a la imaginación en la que se iban sucediendo una serie de secuencias.

Uno de los más jóvenes y con la vista más agudizada, tal vez debido a sus ojos grandes y saltones, pudo divisar a larga distancia los uniformes de la Guardia Nacional subiendo a los barcos pertenecientes a la patrulla. A partir de ese momento, la expresión de los presentes cambió de manera radical y los rostros de aquellos desventurados empezaron a reflejar el terror que ya les era conocido. Con la intervención de las autoridades, nadie sabía adónde podrían ir a parar sus cuerpos medios desnudos y maltratados por una aventura, fruto de las escaseces y de la ignorancia de la juventud.

Habían oído hablar de trabajos de por vida en islas olvidadas de la mano de Dios a las que solo las autoridades tenían acceso. Allí los ilegales se rompían el lomo para seguir enriqueciendo al país que ya derramaba petróleo por todas sus esquinas.

Su instinto de salvación hizo que cambiaran de rumbo, remando en otra dirección y sin importar cuál fuera. Todos se habían quedado en silencio y los que ya no podían contener la pena dejaban salir las lágrimas a borbotones que el mar devoraba sin piedad alguna.

De pronto, Hipólito sintió un impacto en el cuerpo que lo hizo perder el equilibrio y derrumbarse en las aguas venezolanas. Sin salir de su asombro, surgió a la superficie e hizo ademán de nadar hacia el barco, pero un manotazo se lo impidió y lo hizo frenar de su intento.

—¿Que coño pasa aquí? —se preguntó Hipólito con desesperación—. ¿Qué demonio me está agarrando?

Ya no podía liberarse de lo que fuera que se le había caído encima. No se sentía seguro en el agua para luchar a base de guantazos y patadas contra la «fuerza» que lo arrastraba. Hipólito no era ningún lobo de mar. Su madre le había inculcado el respeto por el océano, y poco a poco se fue gestando en su ser el temor a las profundidades marinas, autoras de sucesos trágicos e irreversibles. Su técnica de natación consistía en poco más que mantenerse a flote, y por eso no le quedaba otra opción que agarrarse a la «fuerza misteriosa» que lo dirigía a su antojo y que mantenía sujeta su cabeza deslizándola por la superficie del agua como si se tratara de un arado labrando la tierra. Sus manos se aferraban al causante de tal arremetida para no sucumbir en las olas que estaban al acecho. Después de algún tiempo que a él le pareció el más largo del mundo, la «fuerza misteriosa» fue cediendo y perdiendo velocidad.

—Ya estamos lejos del peligro —le susurró al oído una voz de hombre—, llegaremos libres y no como prisioneros.

Al sentir que su cuerpo se hundía, Hipólito se esforzó en mantenerse a flote, mientras movía brazos y piernas con cierta coordinación. Al rato, vio a uno de sus compañeros que se acercaba nadando con mucha destreza. En una mano traía una hilera de tablas, procedentes de un barril que le acercó a modo de salvavidas.

—¿Qué estás haciendo, Ricardo? —preguntó Hipólito a gritos, agarrando los trozos de madera que su paisano le ofrecía.

—¿Pero no te das cuenta que estamos a salvo? —dijo el compañero de travesía con mucha convicción—. Para librarte de la cárcel te arrastré conmigo, pues eres un paisano mío y justamente en ese momento estabas a mi lado. Comprenderás que la cosa no estaba como para deliberar y tomé una decisión repentina.

—¡Este disparate tuyo me va a costar la vida, pues no soy como tú! —replicó Hipólito lamentando su suerte—. No me defiendo en el agua. ¿No lo estás viendo?

—No pasa nada, amigo, con eso ya contaba, pues he visto que te cagas por los pantalones a la primera de cambio —le contestó Ricardo sin pelos en la lengua—, y sé que de todas formas te salvarás porque eres de mi responsabilidad y yo me encargaré de ti.

—¡Estás para que te encierren! —protestó Hipólito, mientras se tragaba un litro de agua salada en un atracón de rabia que terminó en tos convulsa.

Se pusieron a nadar sin rumbo y en medio de una mudez absoluta para no malgastar la poca energía que les quedaba. Ricardo confiaba en la flexibilidad de su cuerpo para salvarse e Hipólito tuvo que encomendarse a los maderos de un barril y ponerse en manos de un tipo que daba la impresión de ser un completo majareta.

«Según Aniceto, la costa está llena de playas —pensó Hipólito, recordando las cartas de su primo—, y espero que lleguemos a alguna antes de ser devorados por algún animal marino o derretidos por este sol abrasador».

Sin embargo no se veían por ningún lado las playas plácidas e idílicas que describía su primo en sus largas cartas.

Ricardo alternaba la natación con el descanso de su complexión, manteniendo su cuerpo en la superficie del agua para recuperarse del cansancio. Hipólito, boca abajo, flotaba con el tórax apoyado en lo que quedaba de un barril perdido en el mar. Nadie hubiera pensado que en una situación tan arriesgada e inestable hubieran llegado a alcanzar algún lugar que no fuera la oscuridad del fondo marino. Sin embargo, el ir y venir de las olas, les llevó algo con lo que no contaban. En el momento en el que Hipólito se adormecía por el cansancio acumulado durante horas interminables de riesgos, abrió los ojos, al oír un ruido que no correspondía a la inmensidad que lo rodeaba. Alzó la cabeza, esperando ver a su paisano, y, de pronto su mirada se encontró con un barco muy parecido al que habían abandonado, pero en mucho mejor estado.

Ricardo apareció al momento tal y como si lo hubiera olido a la distancia. Se fueron acercando al navío y se ayudaron mutuamente para conseguir llegar a cubierta, usando las cuerdas medias deshechas que colgaban en los costados del barco. Estando ya dentro, se dirigieron hacia la parte inferior del buque de la que salía un olor nauseabundo y en la que descubrieron varios cadáveres putrefactos. Salieron de allí con los rostros desencajados por el espanto y sin saber hacia dónde escabullirse para borrar de su mente unas imágenes tan escalofriantes. La impresión fue tremenda y los dos vomitaron la poca reserva que les quedaba en el estómago, hasta arrojar toda la bilis que reconocieron al instante por su color verde musgo.

La embarcación había conservado el timón, que afortunadamente se podía seguir utilizando aunque no fuera a la perfección. Tenían más esperanzas de llegar a tierra firme, pero antes tendrían que aprender a convivir con los cadáveres y buscar la manera de satisfacer sus necesidades primarias.

Cuando el hambre y la sed se hicieron insostenibles, se vieron obligados a inspeccionar la parte del barco, donde se encontraban los restos mortales de los pasajeros. Ya que el miedo a la muerte era superior al impacto producido por los despojos malolientes de unos humanos, se deslizaron hacia la parte baja de la embarcación tapándose la nariz. Allí encontraron varios barriles de agua y cogieron el que ya estaba abierto, pues pesaba menos. También se llevaron algunas latas de sardinas y salieron con rapidez del lugar con el olor a muerto impregnado en la piel. Al llegar a cubierta se miraron en silencio.

—Eran gallegos, Ricardo —dijo Hipólito en tono preocupado.

—¿Qué? —preguntó Ricardo, sorprendido.

—Los muertos que están abajo eran de Galicia —repitió medio harto de la insensibilidad de su paisano—. ¿O no has visto lo que está escrito en las latas de sardinas?

—Compañero mío, después de todo lo vivido se me ha curtido la piel y el corazón —contestó Ricardo—. ¡Solo pienso que la muerte de los de abajo salvó nuestras vidas y no me negarás que tengo razón! No sé a qué viene tanta sensiblería. Si te has metido en estas andanzas, será porque no eres de alta cuna, compadre.

—No tengo ganas de oírte —confesó Hipólito que no acababa de perdonarle que lo hubiera remolcado por mares desconocidos sin haberle preguntado antes su opinión.

«Como no se atrevía a tirarse solo al agua, me arrastró consigo —pensó Hipólito con enfado—. Necesitaba compañía y echó mano del que estaba más cerca. Me las hizo pasar putas y sabe Dios, si saldremos de ésta. Quizás hubiera sido mejor esperar a las autoridades y que ellos decidieran, pero ya es demasiado tarde para pensar en eso. Ahora toca aguantar».

Hipólito era paciente, tenía poca iniciativa y era bastante miedoso. Su huida a tierras desconocidas en unas condiciones tan lamentables no iba de acuerdo con su carácter. Estaba terriblemente arrepentido de esa acción suya irreflexiva e imprudente.

—No sé si te has fijado, pero los cadáveres no tienen señales de violencia —afirmó Hipólito, preocupado—. Eso significa que murieron de enfermedad o, en el peor de los casos, de intoxicación. Tal vez, se trate de comida y bebida contaminada y nosotros corramos la misma suerte.

—Entonces tenemos que volver a visitarlos —ordenó Ricardo, mirando a su compañero de reojo—, cogeremos el agua de los barriles cerrados y que Dios se apiade de nosotros. De las sardinas en conserva no tenemos que preocuparnos, pues no se estropean tan fácilmente.

—No volveré a pisar ese lugar jamás, prefiero morirme de sed —replicó Hipólito alzando la voz.

—Oh, ya está bien —contestó Ricardo, intentando ser paciente—. No me vengas otra vez con tu acojonamiento. En mi vida había visto antes a un miedica de primer grado. Tendrían que darte un premio.

Hipólito abrió la boca para defenderse, pero no dijo nada. Ricardo se dirigió en silencio, apurando el paso hacia el lugar donde habitaban los cuerpos, mientras Hipólito esperaba en cubierta.

Al rato apareció con una botella vacía que lavó con agua del mar y con la que volvió a la parte baja del barco. No tardó en regresar, pero esa vez con la botella llena.

Se sentaron para disfrutar de los manjares que la fortuna les había puesto ante los ojos. Ricardo tuvo que bajar varias veces a buscar más agua, pero ya se había acostumbrado a la presencia de los muertos y cada vez le resultaba menos desagradable verlos de cerca. Después de lo que para ellos había sido un banquete, entraron en una modorra y se quedaron dormidos, recuperando las horas de sueño que habían acumulado. Al día siguiente de madrugada, descubrieron a lo lejos una playa. La alegría fue tan intensa que los dos se abrazaron, riéndose a carcajadas y celebrando por primera vez su unión.

Para no levantar sospechas y alarmar a las autoridades tendrían que abandonar el barco y hacer el resto del viaje a nado hasta llegar a la playa.

Ricardo se sentía de nuevo repleto de vigor y parecía que se iba a tragar el mar con cada brazada. Hipólito se movía como podía, apoyado en un salvavidas de madera que habían improvisado con tablas encontradas en el barco.

Al alcanzar la pequeña playa de arena de un blanco brillante, Ricardo se tiró exhausto en la orilla y allí permaneció hasta la llegada de su compatriota. Cuando Hipólito llegó y salió del agua, se cayó de bruces en la arena porque se le había nublado la vista. Tenía el semblante desencajado por el miedo que había vuelto a adueñarse de él. Al ver a su compañero tumbado, se acostó a su lado abrazándolo con una fuerza tremenda y encogido en su pecho se abandonó al llanto que lo desgarraba por dentro. Aunque el sol venezolano era intenso, Hipólito y su compañero necesitaban sentir la calidez de sus cuerpos pegados para consolar su alma rota.

Cuando se fueron reponiendo del terror, del abandono, del miedo a la muerte, de la sensación de peligro continuo, de la rabia y de la impotencia, se sentaron a la par. De pronto vieron a los que los rodeaban y que antes no habían percibido debido al aturdimiento producido por un aluvión de intensas emociones.

Los que allí se encontraban se habían convertido en espectadores de una escena, representada por los supervivientes de un espeluznante suceso. Aquel par de individuos eran unos extraños, provenientes del viejo mundo que, como muchos otros, aparecían en las orillas de cualquier playa venezolana. Los que disfrutaban de un simple día playero se habían acercado a los visitantes, formando un corro a su alrededor y así fue como se enteraron del drama de los dos gallegos.

Los presentes escucharon atentamente el infortunio vivido por los desconocidos.

Varios de ellos, posiblemente los más sensibles, no pudiendo soportar tanta angustia, tuvieron que apartarse para poder dar rienda suelta a su llanto sin ser interrumpidos por ninguno de los presentes.

La solidaridad y el instinto de protección que muchos de los humanos en semejantes ocasiones suelen demostrar imperó en el ambiente. Decidieron recompensarlos por su valentía y coraje, por su sufrimiento, por su sacrificio y por la dedicación incondicional a su familias. Eran hombres jóvenes que llegaron a otro continente en unas condiciones pésimas con la intención de ofrecerles a sus hijos los medios y la abundancia de la que ellos habían carecido.

Se hizo una colecta en la playa para que Hipólito y Ricardo pudieran comprar los billetes de tren a Caracas y ya en la capital les sería fácil encontrar la dirección de sus familiares.

La generosidad se había convertido en la enfermedad contagiosa de la pequeña playa y al final todos querían aportar algo para favorecer a los dos extranjeros.

Una mujer y sus hijos fueron a su casa a buscar ropa y calzado de caballero con la que los pobres desdichados se vistieron dignamente.

Un matrimonio se acercó con bolsas de comida para que los recién llegados saciaran el hambre acumulada. Otros se encargaron de traerles utensilios de afeitado y aseo, ayudándolos con su uso.

Tanto Hipólito como Ricardo eran hombres rudos y de arduo trabajo. Desconocían, por lo tanto, el hecho de que otras personas les ayudaran a resolver sus problemas de manera incondicional.

Se sentían fuera de lugar e incómodos, pero al observar la transformación de su apariencia, se quedaron contentos. Solo al verse reflejados en el espejo del agua, descubrieron la cruda realidad con ojos de asombro. No reconocían sus rostros secos y famélicos. Además sus cuerpos se habían convertido en armaduras de huesos que crujían al caminar debido a la falta de músculo y carne.

A Hipólito lo devoraba la pena al despedirse de aquella bendición de seres humanos que había aparecido en sus vidas en el momento preciso. Ricardo, en cambio, se mostraba muy dicharachero y hacía planes para volver a encontrarse en un futuro con todos ellos.

El grupo de playeros venezolanos actuaba como si los dos extranjeros fueran su responsabilidad y tuvieran que dedicarles todas sus atenciones para salvarlos de cualquier posible peligro.

«Después de todo, los habían encontrado y ahora no podían abandonarlos a su suerte», pensaban todos ellos.

Un hombre mayor y su hija se ofrecieron para llevarlos en coche a la estación de trenes, renunciando a su domingo de recreo en la playa. Los cuatro se sentaron en silencio en el vehículo, mientras el alboroto del motor ensordecía a transeúntes y viajeros.

Todos se quedaron en silencio, pues el ruido atronador les impedía comunicarse. En ese mutismo entraron en contacto con su yo y poco a poco fueron conscientes de que seguían sin ser libres a pesar de haber vencido una serie de peligros. Su lucha por la supervivencia habría sido en vano si las autoridades se acercaban para pedirles su documentación; no eran ni emigrantes ni ciudadanos del país. En resumen de cuentas, no eran nada y tendrían que vivir en la oscuridad en su condición de ilegales.

Como era de esperar, el padre y la hija que los habían conducido al tren, compraron los billetes con el dinero que habían juntado y se los entregaron a los gallegos con los bolívares que habían sobrado. Los acompañaron a la puerta del tren y abandonaron la estación tras haber perdido de vista el último vagón.

Hipólito y Ricardo no habían visto en su corta vida locomotoras ni vagones y admiraban el conjunto de maquinaria que formaba un todo, y serpenteaba por carriles de hierro como si fuera *cousa de meigas*. Se sentaron inseguros en los primeros asientos libres y permanecieron todo el viaje en actitud de alerta, con los ojos desorbitados por el miedo. Una hora más tarde habían llegado sin novedad a la capital del país.

Hipólito volvió a abrazar a su compañero con gran efusividad al mismo tiempo que la barbilla le temblaba de pena al tener que enfrentarse a una despedida más.

Aún se escuchaba en los bolsillos el tintineo de los bolívares que todavía les quedaban, gracias a la caridad de las personas que el azar les puso en su camino.

O quizás no hubiera sido una casualidad, sino una señal del destino para indicarles que, a pesar de las dificultades, el nuevo mundo los acogería brindándoles protección.

Decidieron coger un autobús con el dinero sobrante y entrar en la capital del país del petróleo por la puerta grande. Se lo merecían y además sería mucho más fácil llegar a los domicilios de sus familiares que afortunadamente llevaban grabados en las neuronas de su cerebro y que se intercambiaron como amigos que eran.

Ricardo se instalaría en casa de unos tíos y con el tiempo traería al país a su mujer e hija. Ya había hecho muchos planes de futuro y ese propósito le había dado el empuje necesario para vencer los peligros a los que tuvo que enfrentarse.

Un empleado de los autobuses les indicó dónde estaban las paradas correspondientes a las calles adonde se dirigían los gallegos.

—*Rapaz*, por fin te libras de mí —exclamó Ricardo riendo—. Te llevaré siempre grabado en mi memoria, cautivo mío. Espero verte de nuevo, aunque para ello tenga que volver a raptarte agarrado del cogote.

—Perdona paisano por mi ingratitud —contestó Hipólito riéndose, pero con aflicción en el rostro—. Gracias por haberme obligado a viajar contigo en primera clase.

Se abrazaron muy emocionados, con los semblantes marcados por una madurez adquirida a velocidades desorbitantes. Seguidamente, entró Ricardo en su autocar, mientras su compañero se quedaba en tierra, mirándolo. Se sentó en la primera fila e Hipólito siguió observándolo hasta que perdió de vista el bus que desapareció en medio de una humareda negra.

Luego le tocó el turno a Hipólito, que con un suspiro de emoción, causado por sensaciones tan intensas vividas en poco tiempo, se subió al autobús que pasaba por delante del domicilio de su primo. El viaje duraría media hora, según el chófer del transporte público, y en ese escaso tiempo Hipólito se prepararía para la inmensa alegría que le esperaba al reencontrar a Aniceto. Ya se le salían las lágrimas con solo imaginárselo.

«Menuda sorpresa le espera a mi pariente», divagó Hipólito visualizando la expresión de su querido primo Aniceto al verlo aparecer un día cualquiera de un mes cualquiera delante de su puerta.

Para nada se imaginaba lo que ocurriría tras su llegada, ni el impacto que esta traería consigo en la vida de su primo y en la del mundo que lo rodeaba.

El hijo de sus tíos trabajaba en un restaurante y ya había ascendido a cocinero. Estaba ahorrando mucho para traer a su mujer y a sus tres hijos al país y tenía planes para todos. Desde que había descubierto la pasión por la cocina tenía el propósito de instalar un restaurante donde recrearse ofreciendo especialidades de su tierra combinadas con las delicias culinarias criollas. Ese deseo le daba mucha fuerza e ilusión y con tal estado de ánimo se levantaba todos los días.

Era apocado e insociable y no tenía la necesidad de comunicarse con sus paisanos. Solo quería prosperar y para ello no tenía que perfeccionarse en el manejo de la palabra, sino en el de las artes culinarias.

Aniceto estaba saliendo de su casa, encorbatado y vestido de domingo para ir a dar el acostumbrado paseo en su día libre. Ante sus ojos, se presentó una especie de espectro que lo dejó perplejo; se trataba de un rostro cadavérico, sujeto a una hilera de huesos que le servían de tronco y del cual salían unos brazos enjutos, con manos en forma de garras, alzándose hacia él. Las extremidades inferiores se movían de manera alarmante y desmedida, dando la impresión de que en cualquier momento perderían el equilibrio y se harían añicos en la acera arenosa. El espíritu estaba recubierto de un pellejo oscuro y acartonado del que sobresalian unos ojos color esmeralda que contrastaban con el esqueleto al que pertenecían.

—Vade retro, Satanás —murmuró Aniceto por lo bajo, dando unos pasos hacia atrás, mientras con la mano derecha agarraba la cruz de la cadena de plata que llevaba colgada del cuello.

—¡Aniceto! —gritó Hipólito—. ¡No me digas que no me reconoces! ¡Háblame, primo mío, no me dejes morir otra vez porque ya estuve en el infierno!

El desesperado de Hipólito se cayó de bruces con todo el espanto vivido y escondido en cada célula de sus órganos. Al instante se quedó incrustado en el suelo caraqueño igual que una roca sedimentada en un territorio árido y polvoriento.

Su primo lo miraba con los ojos desorbitados porque no daba crédito a lo que veía. La novedad, que se había presentado ante él, lo había sacudido de arriba abajo haciéndolo temblar. Le llevó un buen rato coger fuerzas y acercarse al manojo de huesos que formaba el cuerpo de Hipólito.

«Que Dios me eche una mano y me dé algo de lucidez porque estoy a punto de perder la cordura», pensaba Aniceto con la impotencia invadiendo todo su ser.

Pasado el primer episodio del gran susto, decidió que tenía que llevar a su pariente a cuestas y meterlo en la vivienda. Si esperaba más tiempo, sería demasiado tarde y tendría que llevarlo a un camposanto. Eso sería terrible porque allí solo reposaban los restos de pobladores del lugar, con los que Hipólito no tenía nada en común.

Respiró hondo y cargó con su primo como si se tratara de un saco de harina, aunque para su sorpresa notó que poseía la ligereza de una ninfa del bosque.

Ya dentro, Aniceto intentó reanimar a Hipólito, pero no era posible porque este estaba en el limbo y allí se quedaría durante una buena cantidad de tiempo. De esa manera no tendría que volver a revivir sus recuerdos.

Por los dominios de Aniceto desfilaron grandes personalidades del mundo de la medicina y de la ciencia con la intención de despertar a Hipólito, pero por desgracia ninguno de ellos lo consiguió y salieron arrastrando la frustración. Nadie tenía una respuesta para el mal que padecía el recién llegado pontevedrés.

Aquel caso fue conocido en toda la capital porque las noticias iban de boca en boca. Muchos desconocidos se acercaron, esperando a la puerta de Aniceto con la esperanza de poder entrar a echarle una ojeada a ese ser tan extraño llegado del viejo mundo en una *embarcación fantasma*. Otros corrían despavoridos al pasar por delante del lugar donde vivía Hipólito, pues temían que tuviese una dolencia contagiosa. Los menos se arrodillaban enfrente de la casa para rezarle invocando milagros porque estaban convencidos de que era un santo y, como tal, le imploraban e incluso le dejaban delante de la puerta animales de ofrenda. Llegaron a verse una buena cantidad de gallinas, cerdos y conejos corriendo hambrientos por las calles duras e infértiles. También se había corrido la voz de que a Hipólito le crecía la barba con una rapidez asombrosa y que su primo se la cortaba todas las semanas con unas tijeras gruesas. Sin embargo, nadie sabía que su mujer la recibía en España en pequeños paquetes que Aniceto puntualmente le enviaba y que Josefa abría con todo el amor que una consorte puede experimentar al ver el recuerdo de su marido.

Poco a poco Aniceto se fue acostumbrando a todo el barullo que había traído su primo consigo. Como no le quedaba otra, tuvo que conformarse con aquel destino tan incierto y que tan pocos alicientes le presentaba.

Mientras tanto, Hipólito seguía en el limbo ajeno a todo lo que lo rodeaba, cabalgando en sus sueños y carente de necesidades fisiológicas. Su mirada, sin embargo, se encaminaba siempre al punto cardinal que indicaba su lugar de procedencia, situado en el viejo mundo. Daba igual la postura en la que Aniceto lo pusiera, pues sus ojos se desviaban para clavarse en el sitio que él conocía por instinto.

—Tengo que hacer otros planes de nuevo —se lamentó el primo de Hipólito en el restaurante en el que trabajaba—. Mi pariente me necesita a su lado y, desde luego, mi familia tiene que esperar porque de momento no los puedo traer aquí. Las cosas se han puesto al revés y hay que conformarse. ¡Pobre primo mío y no puedo salvarlo!

—Haces lo que está en tus manos —lo consolaron los pocos que hablaron con él—, y además nosotros estamos aquí para lo que necesites.

Todos miraban a Aniceto con una mezcla de pena y admiración. Se compadecían de la desgracia que estaba sufriendo, aunque por otro lado aquel suceso insólito, rayando el embrujo y el mundo oculto, los mantenía deslumbrados.

Mientras las mujeres se afanaban en crear el caldo gallego en tierras extrañas con el genuino sabor que conocían de sus aldeas natales, los maridos repetían una y otra vez las novedades traídas de los encuentros semanales. En realidad, las nuevas se habían reducido a una sola: *Hipólito*.

Capítulo 2

Josefa llevaba un cesto de algazos en la cabeza que servían de comida a los cerdos. La acompañaban sus dos hijos con un capacho, sostenido entre los dos por las asas, cargado de berberechos y mejillones para cocinar durante la semana. Caminaban en silencio y despacio, concentrándose en sus pasos para no tropezar con algo que apareciera en el camino.

Atisbaron entre una nube de polvo una larga fila de camionetas que parecía no tener fin, cargadas de soldados para el frente.

El suelo estaba gris y las furgonetas dejaban un rastro negruzco a su paso que ayudaba a abatir más el ambiente. La amargura y el miedo se leían en la expresión de cualquier ser viviente.

Estaban en 1936 y ya había transcurrido un año desde la partida de Hipólito al país del petróleo. Josefa y sus hijos entraron en casa con rostros ensombrecidos. Desde que el golpe de estado había desembocado en Guerra Civil todo era incertidumbre y malas noticias. La mujer de Hipólito no sabía cómo seguir adelante con el miedo que la atormentaba.

Al entrar en la cocina, lo primero que hacía era buscar la correspondencia de Venezuela, que escaseaba cada vez más debido a los tiempos turbulentos en los que vivían, pero Josefa no se conformaba con el vacío que le causaba la falta de noticias e iba con paso apurado a preguntar por los paquetes a la taberna de Teodoro que también hacía las veces de correo.

Dentro de esos envíos pequeños, que recibía de Aniceto, se encontraba lo más valioso en la precaria vida de la madre de los hijos de Hipólito. Los abría maravillada al ver la barba de su marido espesa y oscura. Luego hundía la cara en su densidad para olerla, sentirla, saborearla, rozarla, probarla, apreciarla, notarla y venerarla, creando así un puente de unión con lo que quedaba del padre de sus hijos.

Por la noche, con el cuerpo derrotado por el esfuerzo del trabajo y la pena que llevaba en sus entrañas, se sentaba en su cama pensada para dos y, con agujas de hacer calceta, tejía un futuro pañuelo con el pelo grueso de la barba llegado de la lejanía. Ese era el momento más placentero de todas las horas que colmaban los días y las horas nocturnas de Josefa.

Cada vez llegaban menos paquetes del país del petróleo y a Josefa se le iba agotando la barba de su marido, por lo que se veía imposibilitada para seguir haciendo punto. Por esa razón se le ocurrió la idea de deshacer por la mañana lo que había tejido de noche y de esa manera su labor nunca tendría fin. Sin saberlo se había convertido en una copia de Penélope, la mujer de Ulises que esperaba tejiendo un sudario de hilo la llegada de su marido de la Guerra de Troya. La esposa de Odiseo destejía de noche lo que había tejido durante el día, después de haber manifestado que se casaría con uno de sus tantos pretendientes cuando terminase la prenda. Con ese truco consiguió permanecer fiel a su esposo hasta que, al cabo de veinte años, este volvió a su hogar. La diferencia radicaba en que en la conducta de la mujer de Hipólito no había escondida ninguna estrategia ni tampoco quería engañar a ningún pretendiente que la persiguiera. La razón era mucho más simple: Josefa solo conseguía sentir a su marido a través de aquel acto: crear algo nuevo con la perilla de su consorte.

Al mismo tiempo su suegra vivía cada día pendiente de la llegada de su hijo.

—*Miña sogra,* las cosas se ven muy mal —informó Josefa a la madre de su marido para hacerla partícipe de la actual situación—. Quizás llegue el día en el que tengamos que refugiarnos dentro de esta casa sin poder salir por todo lo que está por pasar. Tenemos que seguir siempre unidos y dormir todos juntos en el comedor. Además, los niños ya tienen mucho miedo. Dicen por todos lados que se están llevando a cualquier republicano reconocido como tal a casas aisladas donde los torturan hasta matarlos.

—Siempre estamos y estaremos juntos —contestó la suegra con energía—. Somos una familia y, cuando vuelva mi Hipólito, nos reuniremos y lo celebraremos a lo grande; a partir de ese momento nuestra vida será un festejo diario. ¡Que nadie lo dude! —añadió.

A la madre de Hipólito le surgía una sordera momentánea que la libraba de la amargura cuando las malas noticias intentaban filtrarse en sus oídos. Josefa había llegado al convencimiento de que tenía que arreglárselas sola para sacar a su familia adelante. No había una persona adulta a su lado con la que pudiera intercambiar una opinión sobre sucesos actuales y reales. Le daban ganas de gritar cuando se daba cuenta de que sus preocupaciones caían en el vacío y que no podía compartir sus miedos con nadie.

—Tengo que empezar a instruir a Andrea sobre lo que está ocurriendo en este país —comentó Josefa, dirigiéndose a su suegra más que nada por costumbre—. A sus ocho años ya está en edad de comprender muchas cosas. Además, tiene que aprender a tener cuidado en los tiempos que corren porque el mundo se está volviendo loco.

—Tenemos que criar a la niña rodeada de felicidad —afirmó la madre de Hipólito—, para que cuando forme una familia pueda seguir transmitiéndole el amor que recibió en la infancia. Cuando mi hijo vuelva la verá llena de satisfacción.

Josefa miraba a su suegra en silencio. Sus comentarios le producían una especie de alteración en aquellos tiempos de inestabilidad general.

Lo que Josefa desconocía en ese momento era la importancia que su suegra adquiriría como protectora y suministradora familiar cuando ellos más lo necesitaran.

—Todo escasea, *miña sogra* —se quejó Josefa—. Ya no podemos comprar calzado porque las tiendas están sin mercancía y tendremos que salir descalzos como la mayoría de los vecinos. No somos unos privilegiados y, aunque se me rompa el alma viendo a mis hijos con los pies destrozados, tengo que resignarme a esta adversidad.

—Últimamente estuve juntando material —contó la suegra—. La viuda del zapatero me llevó a su casa y me enseñó todo lo que tenía. Había una gran cantidad de restos de zapatería extendidos por el suelo y me dijo que cogiera lo que quisiera. Llené bolsas con muchos trozos de goma y cuero que, si Dios me deja, voy a ir cosiendo y haré zapatos para todos nosotros. Este invierno tendremos los pies secos, pues de eso me encargo yo.

A Josefa se le humedecían los ojos al ser testigo de la benevolencia de la abuela de sus hijos cada vez que surgía algún inconveniente.

A veces sentía cargo de conciencia y arrepentimiento, ya que le causaba cierto rechazo la aparición de esa sordera inoportuna que sufría la madre de Hipólito en los momentos menos indicados. En otras ocasiones se apoderaba de ella la ternura por esa mujer de apariencia sonriente y achispada. En esos momentos le hubiera gustado abrazarla y decirle que estaba muy agradecida de tenerla a su lado. A pesar de todo, no era capaz de demostrarle afecto porque no era su madre.

La presencia de su suegra en la casa en la que convivían le producía la sensación de percibir a su Hipólito a menos distancia. Madre e hijo tenían la misma mirada color esmeralda y también el mismo olor. Al caminar despedían un aroma a manzanas recién salidas del horno. El pelo de la progenitora de Hipólito, recogido en un moño y con un grosor comparable al de la tanza de pesca, le recordaba a los mechones del padre de sus hijos. Además se desvivía por sus nietos y recurría a todos sus medios para consolarlos cuando lo necesitaban.

—No puedo jugar más con Marcelino —lloró Pepe con el desconsuelo de sus cinco años—. Su mamá no lo deja salir. Tiene miedo de que se lo lleven unos hombres malos, que también van a ir a buscar a su papá. ¡Me voy a quedar sin mi amigo!

—Eso no es verdad —lo contradijo su abuela—, la mamá de Marcelino os cuenta bromas. Esos hombres malos de los que habla son los cazadores de murciélagos y por las noches los persiguen golpeándolos con palos. No quieren que asusten a los niños que, después de jugar, se recogen en sus casas para la cena.

Pepe se iba calmando y le pedía a su abuela que fueran a la ventana a ver si aún quedaba algún murciélago vivo. En silencio observaron el movimiento de los ratones voladores en la oscuridad que simbolizaba el comienzo de los ataques de los depredadores. Después de haber estado pacientes al acecho de sus presas, se moverían con una feroz rapidez.

Durante la Guerra Civil en Galicia se masacró a los seguidores de la República. Los campos de concentración no tenían cámaras de gas, pero había otro tipo de sufrimiento como falta de higiene, chinches, trabajos forzosos, palizas y maltrato. Estos recintos se crearon en fábricas de conservas, colegios e incluso monasterios para albergar a los presos que tenían que ser investigados. También destacaban métodos de opresión: fusilamientos, «paseos», multas y expropiaciones por el simple hecho de tener otra manera de pensar.

Francisco, conocido como el Poeta, era el padre de Marcelino y vecino de Josefa. A diario jugaba a las cartas con sus amigos en el bar de Teodoro y, cuando finalizaban la partida, solían tomarse unos tragos de coñac para aligerar la mente de las continuas preocupaciones que los tenían en tensión durante toda la jornada laboral.

El Poeta desempeñaba múltiples trabajos, como era usual en aquellas aldeas donde no existía una profesión definida entre los lugareños, puesto que todos eran especialistas en cualquier tipo de oficio. Entre otras actividades, existía una a la que Francisco dedicaba muchos períodos de su vida en absoluta soledad y esmerada concentración: se adentraba en el monte frondoso atestado de pinos y hacha en mano golpeaba con todo su vigor el tronco del árbol a ras del suelo hasta vencerlo, dejándolo sin vida, desparramado en la tierra cubierta de verde. En aquella superficie desnivelada imperaba la vegetación de todo tipo, que crecía en cualquier dirección con una fuerza espectacular, debido al clima que fomentaba su fortaleza.

En la mano derecha del Poeta se había ido grabando la base del mango del machado con el paso del tiempo. Esa marca le daba una pincelada especial a las líneas de la vida y de la muerte que todo ser humano conserva en su palma hasta el final de sus días.

El brandy, tomado en compañía, hacía que se relajara y diera rienda suelta a las carcajadas, que salían de su garganta como una erupción.

Francisco, el Poeta, no tenía inclinaciones políticas, ni le interesaba el tema. Cuando sus amigos del bar opinaban y debatían, él permanecía en silencio.

—No me gusta, que seas conocido bajo el apodo de «*Poeta*» —dijo temerosa Amelia, la mujer de Francisco—. Supongo que te podrás hacer una idea de lo que eso significa. Ten cuidado y deja de entonar lírica por los fogones, no está el mundo para esas libertades.

—Nadie puede acusarme de nada —rio el Poeta—. ¿Acaso es pecado cantarle al amor? ¡No tengo ni idea de política, no sé escribir una letra del abecedario! ¿Qué peligro puedo ser yo para los Grandes del país? ¡Tranquilízate, *muller*, que no pienso faltar a ningún mandamiento!

Amelia no tenía ganas de reír. La poca alegría que le quedaba se veía empañada por sombras causadas por el miedo que se estaba engendrando en su interior.

«Como sea verdad lo que se está oyendo por las *corredoiras* se convertirá en un desastre colectivo. No habrá labor humana, que pueda rescatarnos», pensaba Amelia, con las manos en la cabeza en actitud de impotencia. Dando vueltas en su mente a las murmuraciones sobre paseíllo, inocentes que desaparecían para siempre, métodos de tortura, encierros, muertos aparecidos en las cunetas y otro sinfín de atrocidades más.

Su marido, en cambio, era un hombre con un gran potencial de inocencia, que no era capaz de ver la cercanía del peligro. Estaba demasiado ocupado creando palabras de amor porque siempre había sido un romántico sin remedio. Cuando eran novios y la llevaba agarrada de los hombros, para que todos supieran que solo a él le pertenecía, el Poeta se convertía en un poemario andante. Su perseverancia e imaginación le permitían deslizarse por el mundo de la lírica con una habilidad asombrosa. Tenía la capacidad de descubrir todos los elementos de la poesía sin saber de qué se trataba eso. El Poeta era individuo de poca conversación y mucha alegría. A pesar de no haber podido aprender el arte de la escritura por falta de tiempo, había nacido con la facultad de ser hombre de letras. Tenía el don de la poesía y era capaz de formar versos con rima asonante y consonante. Podía crear una melodía sensible y agradable a los oídos de cualquiera. Era conocedor de la diéresis, la sinéresis y la sinalefa. Sabía de pareados, tercetos, cuartetos, quintetos y sextinas, y adoraba los sonetos, las odas, los romances y las coplas. Sin embargo, la característica más peculiar de Francisco era su memoria. Podían pasar meses e incluso años, pero sus poesías permanecían anidadas en su cerebro y solo se convertían en sonidos cuando su dueño se lo permitía. Ese don tan particular lo había heredado de su abuelo, que había sido una especie de juglar de finales del siglo XIX. De él también había aprendido una gran cantidad de versos que solo recitaba en ocasiones muy especiales.

Amelia estaba muy orgullosa de haber conocido a un hombre con tales cualidades y le encantaba que le demostrara sus sentimientos con una palabrería tan emotiva. Era una mujer afortunada y la verdad es que, incluso con el paso de los años, la seguía cautivando esa voz sensual y hecha para el placer. Su marido la empleaba cuando dejaba volar su imaginación por dimensiones impensables para la gente corriente como ella y algunos campesinos más.

Los vecinos de la aldea solían reunirse después de la cena en casa de Josefa. Su vivienda era espaciosa con una *lareira* muy grande que ocupaba gran parte de la cocina. Todos se sentaban alrededor del fuego y disfrutaban de las veladas intercambiando ideas, comentando sucesos y novedades, y planeando el trabajo. Además, aún sobraba tiempo para distraerse con asuntos artísticos.

Francisco era el protagonista con sus arranques poéticos. Los dejaba mudos a todos debido a las emociones que se apoderaban de ellos y no sabían cómo dominar. El sentimiento que radiaba en la verborrea del poeta era muy intenso y a los presentes les afloraban los anhelos más escondidos.

—¿Qué vas a interpretar hoy para nosotros, Francisco? —preguntó Antonia, una de las vecinas, que iba allí con su madre—. Necesitamos olvidarnos un poco de la podredumbre que nos rodea.

El Poeta se dejaba llevar por su inspiración. De fondo centelleaban las llamas del fogón caldeando el ambiente. El fuego creaba una atmósfera cálida, afable y perfecta para estimular la unión entre los vecinos. De esa manera habían surgido parejas que habían llegado al altar. Se habían reconciliado enemigos que habían estado media vida en discordia. Se habían aireado secretos que nadie en ese diminuto territorio se hubiera podido imaginar que existieran.

Esas noches hechiceras podían incitar a arrastrar con fuerza los instintos más bajos del ser humano, pero en ese momento nadie lo sabía. A fuerza de ignorar futuras catástrofes, se seguían sucediendo dichos encuentros con los que se intentaba saborear el lado dulce que la vida les iba regalando a trocitos.

Capítulo 3

La madre de Alfonsina había tomado una de las decisiones más difíciles de su vida y ya no podía volverse atrás. Su hija menor era diferente y no se podía seguir ignorando ese carácter resoluto que la hacía destacar entre las demás. Desde que la había traído al mundo había sobresalido por su capacidad de persuasión y liderazgo, su porte, su facilidad de expresión, su sensualidad, su lenguaje corporal, su seguridad, su autoestima, su autoeficacia, su sutileza y una recua de cualidades más. Todo ello hacía que todo ser terrenal sucumbiera al influjo de una fémina tan excepcional. Por lo tanto, cualquier empeño en llevarle la contraria era en vano y su progenitora hacía ya mucho tiempo que estaba al tanto de eso. A Alfonsina le faltaban seis días para cumplir los veintiún años y su cuerpo y hormonas le pedían acción. No podía quedarse en aquella Sicilia, ni tampoco buscar a un isleño para traer polluelos al mundo y luego ser enterrada en el panteón familiar. Su destino estaba lejos, nadie lo podía prever, pero ella así lo sentía. Cuando su cuerpo estaba en su fase más sensible, influido por su ciclo menstrual, Alfonsina se levantaba por la mañana percibiendo el futuro a través de la intuición. Su capacidad de predicción de acontecimientos ajenos a su persona crecía como la espuma, aunque ella desconocía lo que eso significaba.

El viaje a Argentina ya estaba planeado y allí la joven se instalaría con su nueva familia, que eran unos tíos por parte de madre. Al matrimonio Dios no los había colmado con la gracia de ser padres, pero se alegraban de poder disfrutar, viendo crecer a su sobrina en tierras prometedoras.

Alfonsina se despidió de su hermana, cuñado y sobrinos con toda la ligereza que caracteriza a una personalidad vivaracha y alborozada. A su madre también quiso decirle adiós de la misma manera, pero le resultó más difícil. De la emoción la elevó en brazos, haciéndola girar como si se tratara de una bandera ondulante a punto de ser izada. Se miraron intensamente y enmudecieron, ya que ninguna de las dos tenía palabras para describir la magnitud de la sensación de impotencia que estaban experimentando.

Al día siguiente se subió al barco que la llevaría al primer puerto del sur de Italia para luego partir en tren con destino a Génova. Tuvo que cambiar dieciséis veces en las estaciones hasta entrar en la ciudad internacional porteña.

Al llegar al norte de Italia, la joven se abrió paso en un embarcadero atestado de gente en el que todos tenían prisa por saber a qué navío pertenecían. Pronto formaría parte de un grupo de pasajeros con los que compartiría horas, semanas y, si las cosas se ponían difíciles, hasta podrían llegar a ser meses.

Alfonsina dejó su equipaje delante de una tremendísima embarcación; el barco parecía capaz de destrozar el océano, rompiéndolo con su afilada proa hasta dejarlo sin fuerzas para luchar contra las corrientes.

La gente se movía harta y sofocada, deseando liberarse del griterío. Todos estaban ansiosos por encontrar un hueco en el que pudieran estar a solas. No había más que prisas y deseos de terminar con aquellos procedimientos de control de documentos que requerían las autoridades.

Alfonsina enseñó todo el arsenal de papeles al empleado que en ese momento estaba de servicio. El uniformado le dio el visto bueno con una rapidez asombrosa y le abrió paso para que subiera al transatlántico. Cuando la joven llegó a cubierta, tuvo una sensación de alivio que la hizo sentirse segura y entusiasmada, como si en aquel lugar hubiera una sorpresa reservada para ella.

Alfonsina era la única mujer que viajaba sin compañía de parientes cercanos o lejanos. Esa condición de soledad voluntaria, junto con otros atributos la hacían extremadamente interesante a ojos de los zagales que le salían al encuentro en cada esquina. La presencia de la joven evocaba a las princesas orientales, dotadas de un atractivo esplendoroso y rodeadas de misterio. Tantos eran sus encantos que hasta el capitán se despistaba con el manejo del timón y tenía que poner todas sus fuerzas para poder concentrarse en su trabajo.

La joven entabló conversación con una familia que conoció en el comedor y, después de charlar un rato, descubrió que estaba en una embarcación con destino a Venezuela.

—¡No puede ser! —levantó la voz Alfonsina—. ¿Qué está pasando aquí? Yo voy a Argentina y enseñé mis documentos antes de subir a este barco.

—Evidentemente no te han controlado el billete ni los permisos, si no, no te hubiera pasado eso —respondió el padre de familia muy sorprendido de que algo así pudiera ocurrirle a alguien.

Alfonsina empalideció al darse cuenta de lo que eso significaba. Se quedó petrificada y le llevó un par de horas volver a ser la que era antes de subirse a un navío equivocado.

—Ahora tengo que hablar con el capitán —replicó enérgicamente—, pues alguien tiene que responsabilizarse de este gran error.

Alfonsina se quitó los zapatos para correr por la madera mojada y resbaladiza que tenía por suelo aquel buque de grandes travesías. Sin embargo, no le valió de nada porque al primer intento se cayó con todo el peso de su cuerpo serrano encima de la superficie dura y chorreante de agua marina, y así fue como golpeó la hermosura que el Señor le había dado por rostro. El incidente no consiguió quitarle el ímpetu a la *moza* y al cabo de unos segundos se levantó con el pelo adherido a lo largo de su cuerpo, formando una serpentina, que aún estilizaba más su figura de divinidad oriental.

El capitán oyó un sonido, parecido al de las sirenas que acechan los barcos en las profundidades del mar y mantuvo por unos instantes la respiración. De repente, descubrió la visión que llevaba días atormentándolo y no sabía con seguridad si la escena que se revelaba ante sus ojos era real o solo fruto de su imaginación.

—¡Supongo que eres el encargado de este navío sin organización! —manifestó Alfonsina con reproche.

—Soy el capitán y mi nombre es Aron Persson —contestó con amabilidad el sueco.

—Estoy en la travesía equivocada gracias a tus empleados —informó Alfonsina con desesperación—. Mi destino era

Argentina y ahora me veo envuelta en una aventura sin rumbo, debido a la incapacidad de tus subalternos.

El capitán no podía escuchar con precisión lo que le había ocurrido a ese bellezón inigualable. Se había quedado embobado ante tal aparición que sin previo aviso había surgido de alguna parte para deslumbrarlo.

—Tranquilízate, y cuéntame lo que te ha ocurrido —contestó con la amabilidad, reflejada en su rostro—. No dudes que haré todo lo que esté en mi mano para sacarte de este contratiempo en el que te encuentras.

—¡Pero qué contratiempo, señor mío! —exclamó alterada Alfonsina—. Estamos hablando de un problemón del cual no puedo salir, a menos que me tire por la borda y me quede para siempre en las profundidades del agua, sirviendo de carnada para tiburones.

Alfonsina no estaba acostumbrada al lenguaje italiano delicado y rebuscado del capitán. Había crecido en un mundo ajeno a todo refinamiento y sus expresiones eran tan naturales como la vida misma.

—Primero, debes tranquilizarte —contestó el capitán, algo confundido por el vocabulario de la hermosura que tenía delante—, y para eso, vamos a sentarnos y a buscar una solución. Seguro que la encontraremos mucho más rápido de lo que piensas.

Alfonsina miraba al capitán con cara de desconfianza. Le parecía que se estaba burlando de la situación en la que se encontraba o lo que sería peor, podría estar mofándose de ella. Los *ragazzi* que había conocido en la isla, siempre lo hacían. Alfonsina había tenido que aprender a defenderse de aquel trato sarcástico y guasón que a veces era superior a sus fuerzas. Sin embargo, no tenía otra alternativa más que escuchar a aquel tipo de pelo albino que parecía un ser transparente salido de otra galaxia.

—Lo primero que debes saber es que, cuando llegues a Caracas, tendrás un lugar donde quedarte. Luego podrás subir en el próximo navío a Argentina —informó el capitán con ánimo en la voz—. Conozco a algunas familias en la capital de Venezuela y no tendrán ningún problema en acogerte, hasta que puedas irte. Por los gastos no debes preocuparte, pues eso ya lo arreglo yo. A la compañía no le conviene que estos sucesos vayan de boca en boca, ya que podría perder el prestigio que dado el caso sería muy difícil de recuperar.

Mientras el capitán hablaba, Alfonsina lo observaba con atención, deteniéndose en las cejas y pestañas blancas, en los ojos intensamente azules y en la tez dorada por el sol del océano que personificaban al capitán. Nunca había visto antes a alguien con semejantes características y le recordaba a los ángeles que estaban en todas las iglesias de los pueblos. Ella y su madre solían rezar en esos lugares sagrados los domingos y a veces incluso durante la semana.

Los días pasaban y Alfonsina se iba relajando debido a las palabras de confianza que a cada momento le transmitía el capitán. Para ella era muy fácil salir de situaciones extremas. Su personalidad, encaminada a los placeres, le ayudaba a sobreponerse de cualquier obstáculo por monumental que fuera.

Los cuidados del capitán por su protegida fueron en aumento debido a la marejada, al sol permanente, al oleaje, a las tempestades, a los días de lluvia, a los mareos que ella sufría y a otras razones que solo conocían sus corazones.

Alfonsina abandonó pronto su aposento. Unos mozos recorrieron el barco con el equipaje de la joven hasta dejarlo en el camarote del capitán, donde permanecería hasta el final del viaje. A cambio, él les dio una buena propina con la que compró el silencio de sus ayudantes para siempre.

Alfonsina y el capitán vivían una improvisada luna de miel en la que no faltaba de nada. Sus cuerpos se amoldaban, formando una simbiosis como si hubieran nacido para estar juntos. El deseo de unirse hacía que se alejaran de la proa, de la popa, de la banda de estribor y la de babor. Se sumergían en el mundo oculto de sus instintos, pidiendo cada vez más y más, pero sin llegar a saciarse nunca.

Al cabo de varias semanas, empezaba a caer el telón de lo que sería la despedida de los dos amantes, que por ironías del destino, se habían descubierto para no volver a separarse durante veintiséis días con sus noches incluidas.

Cuando Alfonsina pisó por primera vez el muelle caraqueño, lo hizo al lado del capitán. Con él cruzó toda la ciudad hasta llegar al domicilio de una familia de Orense, propietaria de la primera Taberna Gallega de la capital venezolana. El negocio era un lugar de tapeo en el que se saboreaban las delicias de una remota tierra a la que no se podía acceder libremente.

El sueco y Alfonsina se intercambiaron promesas, direcciones, besos, silencios, abrazos, caricias y palabras de amor. Enseguida la distancia entre ellos fue tan considerable que sus ojos dejaron de contemplarse y luego cayeron en el vacío que cualquier terrícola experimenta, después de decir adiós a su ser amado.

Como era de esperar, Alfonsina se ilusionó con su entorno y empezó a disfrutar de aquel país tan diferente al suyo, pero a la vez tan parecido. Se instaló en la propiedad de unas personas que destacaban por su hospitalidad y se sintió como pez en el agua. Debido a su interés por todo lo que la rodeaba y a su deseo de comunicación, aprendió el castellano con una rapidez asombrosa.

El fascinante carácter y la apariencia inigualable de Alfonsina hacían que la Taberna Gallega se llenara de gente. Muchos de los clientes recorrían kilómetros de distancia para ver a la recién llegada del viejo mundo, aunque fuera de lejos.

Los dueños de la Taberna Gallega, deseosos de juntar una buena fortuna para poder retornar un día a su aldea natal, estaban encantados con la *rapaza* que la buenaventura les había traído de la mano del capitán. Alfonsina, sin quererlo, se había convertido en la gallina de los huevos de oro y ellos, en señal de agradecimiento, la consentían y mimaban para que se quedara allí y la suerte los acompañara.

Cuando Alfonsina estaba en su época más sensible del ciclo menstrual, se le despertaban poderes adivinatorios ocultos. Ese don tan particular le permitía descifrar el destino dibujado en las manos de los mortales. Una vez al mes colgaba el «cartel de apertura» y allí se formaban colas. La multitud de los visitantes permanecía horas de pie con la esperanza de que Alfonsina pudiera adelantarles algo del futuro que para todos era un completo acertijo.

La noticia de una mujer con un don tan especial se había extendido por todo el estado y también por los países vecinos. Sus predicciones eran confirmadas por su clientela y, como consecuencia, tenía ya un renombre difícil de superar.

La familia gallega, con la que la que vivía era muy emprendedora y con inclinación por el negocio y el arte de hacer dinero. Se decía que el orensano sabía multiplicar un bolívar cuando caía en sus manos. Había decidido instruir a Alfonsina en el mundo del beneficio y de la ganancia que alguien con sus características debía tener. Por lo tanto, ya no podía seguir atendiendo gratuitamente a toda la clientela que quisiera enterarse de su suerte antes de que hubiera ocurrido. Había que trazar un plan, por su puesto, teniendo en cuenta el nivel económico de los visitantes.

El deseo de acumular bolívares iba creciendo cada vez más en aquella familia llegada de una minúscula aldea rozando con Portugal. Sin embargo, no se podía afirmar que no tuviera valores sociales. No tenían la intención de aprovecharse de los habitantes del nuevo mundo despojándolos de sus pertenencias. Eso no iba con la naturaleza de su humildad.

Se deliberó seriamente el método que debería utilizar Alfonsina para recibir un salario por su servicio al público. Luego se decidió que para empezar se pedirían donativos a voluntad del cliente y de acuerdo al resultado se iría viendo cómo se desarrollaría el apaño.

La familia orensana dio justamente en el clavo, pues la hilera de gente que ocupaba metros delante de la puerta de la

Taberna Gallega traía un gran afán de competencia consigo. Todos se esmeraban en agasajar el don de la joven.

Alfonsina no solo recibía una cantidad considerable de dinero de la gente corriente, sino también objetos de regalo que la clientela consideraba dignas de alguien con tantas virtudes.

Por otro lado, obtenía una buena retribución proveniente de los *Grandes* del país. Estos acudían a ella sin ser vistos por nadie y a unas horas en las que solo el padre de familia abría la puerta para volver a cerrarla con llave. En esos momentos podían verse en la Taberna Gallega altos personajes del mundo artístico, de la política y de las altas esferas de la sociedad. En realidad, se encontraba todo aquel que tuviera el prestigio y poder adquisitivo para ser tratado con los privilegios que solo algunos, por el hecho de ser diferentes, pudieran tener.

Al otro lado de la capital venezolana y a varios kilómetros de Alfonsina, seguía Hipólito en la posición corporal a la que se había acostumbrado desde que estaba en el limbo. Habían pasado más de treinta meses desde su llegada a la ciudad e Hipólito seguía en su interminable letargo.

Su primo Aniceto se dedicaba a él, pero ya había empezado a rendirse ante la evidencia. También sabía que cada mortal solo posee una vida y que esta puede escurrirse de entre los dedos como pez en el agua. Por eso, era de vital importancia valorarla, mimándola y sintiéndola, así es que había retomado la jornada completa en su trabajo de cocinero porque, en resumidas cuentas, eso era lo único que sabía hacer consigo. Con su personalidad huidiza y esquiva le resultaba muy difícil encontrar un aliciente que le hiciera disfrutar de los días que se iban sucediendo con una lentitud asombrosa.

Un día se armó de valor y entró en la Taberna Gallega para acceder a los servicios adivinatorios de Alfonsina. Sin embargo, algo inexplicable sucedía y ella no podía darle ninguna información. Cuando le tocó el turno a Aniceto, la vidente se quedó en blanco y no pudo interpretar ni una línea de la palma de la mano del hombre que tenía delante; era como si ya no estuviera presente y no hubiera nada que revelar. A Aniceto le inquietaba el hecho y se esforzó en volver a la taberna de sus paisanos, pero Alfonsina no atinaba ni una. Ante tal frustración, Aniceto decidió abandonar las colas de metros de longitud delante de la Taberna Gallega.

Al llegar a su vivienda, persistía en la rutina que había creado con la llegada de Hipólito. Nunca se olvidaba de cortar con esmero la barba espesa y oscura de su primo para mandársela a Josefa, que la seguía esperando como agua de mayo. Solo así podía sentir que estaba casada y que su marido era Hipólito Carballal Espasandín.

A pesar de todas las atenciones a su primo, Aniceto intentaba pasar más tiempo fuera porque su pariente, en realidad, no lo necesitaba a su lado. Era absurdo seguir insistiendo, pues a veces, le parecía que Hipólito había tomado esa decisión y no quería salir de su letargo. Siempre había sido muy terco y «estar en el limbo» era una buena postura para justificar el desinterés por su nueva vida.

Aniceto daba vueltas por las calles empedradas después de su jornada laboral. Pasaba una buena parte del día encerrado en la cocina del restaurante, respirando vapores de todos los olores y sabores y sudando la gota gorda, mientras se movía de una esquina a otra en su lugar de trabajo. Estaba agotado. A veces, se sentaba en algún banco para observar a los pájaros. Las aves paseaban por las plazas, esperando encontrar migas de pan y semillas que algunos transeúntes solían darles para que no se murieran de hambre por la ciudad. Él también era un alimentador de pájaros; traía de su trabajo pan y se recreaba mirando a esos animalitos. Se veía que disfrutaban de la merienda, como si se tratara de un gran festejo al que estaban invitados diariamente.

Aquel día se notaba el aire muy pesado, hacía mucho calor y casi parecía imposible encontrar un poco de oxígeno que llevar a los pulmones. Aniceto se había sentado como casi siempre, pero esa vez la verdadera razón era que su cuerpo no podía caminar con firmeza. Notaba una debilidad en las piernas que lo dejaba exhausto y sin fuerzas. Así que decidió acostar su figura abatida a lo largo del asiento, fabricado para varios individuos. Al estar en dicha postura, le pareció escuchar un bramido que lo hizo volver en sí cuando ya estaba empezando a abandonarse a la modorra que lo iba venciendo.

Aniceto se esforzó en abrir los ojos y, de repente, vio árboles y edificios bamboleándose. Parecía que tuvieran que dejar salir el ritmo caribeño, incrustado en sus entrañas que una cadena de generaciones les había transmitido a lo largo de siglos.

Su mirada se llenó de asombro al advertir que los coches se movían por las calles en todas las direcciones, olvidados de la mano de Dios y que nadie tenía control sobre ellos. A Aniceto le llevó un buen rato darse cuenta de que estaba en medio de una catástrofe natural, de grandes dimensiones y de la que no saldría ileso. Sin embargo, lo que Aniceto ignoraba era que la fecha del 10 de noviembre de 1937 quedaría grabada para la eternidad en muchas tumbas y nichos de los camposantos de ese suelo caribeño. A partir de ese día también él yacería al lado de una buena cantidad de paisanos y extraños.

Aniceto vio una oscuridad a su alrededor y por inercia miró hacia el cielo que parecía tapado con el campanario de la Iglesia, situada en la plaza donde se encontraba. Mientras la torre se movía como un péndulo, intentando ir en contra de la fuerza de la gravedad, el campanón se soltó. A una velocidad imposible de descifrar, el artefacto cayó, cubriendo el cuerpo de Aniceto como si lo hubiera estado esperando aquella nefasta tarde.

En esos treinta segundos que duró el suceso y cuando el gallego comenzaba su tránsito a otra vida, pasó algo asombroso al otro lado de la ciudad.

En la alcoba que compartía con su primo, Hipólito notó una sacudida en su organismo dirigida por una energía ajena a él. El zarandeo lo transportó al recuerdo de la traumática travesía, vivida en el océano. De repente, la misma impresión que lo había llevado a su estado petrificado lo acababa de hacer rebotar al mundo de la consciencia, del pensamiento y de la agilidad corporal.

El misterioso aletargamiento del gallego, llegado a Caracas como sobreviviente de una tempestad acaecida en alta mar, finalizó en aquel momento. Allí estaba Hipólito, intacto al seísmo. Intentaba coordinar todos sus movimientos por medio de las instrucciones que le daba su cerebro que durante tanto tiempo había permanecido en desuso.

Sin prisas y sin abatimiento empezó a activar su cuerpo. Con todas sus fuerzas quería independizarse de aquel hoyo, formado en su lecho debido a la presión ejercida por el peso de sus órganos vitales, de su piel curtida y de sus huesos agarrotados por el desuso. Sus ojos color esmeralda se abrieron a la luz polvorienta de aquella tarde siniestra e Hipólito solo quería agarrarse al mundo gris que se presentaba ante él. Si bajaba la guardia, estaba expuesto a volver a perder la vida que aún no había llegado a estrenar en aquel lugar, al que había llegado guiado por la necesidad.

Los habitantes de la gran ciudad salieron a las calles aterrorizados y pasaron la noche fuera. Todo el mundo se sentía perdido en medio del desastre. Los médicos corrían de un lado al otro sin orientación, intentando atender a todo aquel que sufría en su cuerpo y en su mente las consecuencias del seísmo. Quedaron cuarenta agua personas sin vivienda y muchos heridos. La población no llegó nunca a recuperarse del todo, pues las cicatrices perduraron lustros, décadas e incluso siglos, ya que las siguientes generaciones las heredaron de sus ancestros.

Una gran cantidad de clientes de la Taberna Gallega perdió la vida y los orensanos, junto con Alfonsina, estuvieron de luto un mes. Iban de entierro en entierro y lloraban por aquellos difuntos que algún día habían formado parte de sus vidas.

Todos tardaron mucho en recuperarse de un destino tan espantoso. Solo el paso del tiempo y la persistencia pudieron salvar a tantos seres que caminaban cabizbajos y perdidos por territorio venezolano.

Hipólito era uno de aquellos humanos que perduraban en su deseo por sobrevivir. Había salido de la casa del finado sin duelo ni nada que se le pareciera. Cualquier persona o suceso real, anterior a su estado de inconsciencia, se había borrado para siempre de su masa cerebral.

Pateaba sin rumbo fijo las calles empedradas y polvorientas, sorteando los restos de la hecatombe. Se pasaba los días y las noches sin volver a la vivienda que ahora le pertenecía solo a él. Descubrió los placeres nocturnos, escondidos en los lugares más oscuros de la capital y recuperó el tiempo perdido que lo había mantenido inerte en su alcoba.

En una de sus andanzas entró en contacto con uno de los *Grandes*. Se trataba de un acaudalado hombre de negocios que tenía hoteles por todo el país y se sumergía en la perdición y el vicio. Intentaba evadirse de la realidad para sobrellevar una vida que, debido a sus responsabilidades, lo consumía de angustia y tensión.

El ricachón le ofreció trabajo a Hipólito en uno de sus negocios hosteleros y este aceptó encantado porque ya estaba aburrido de sus correrías. Ya había dispuesto de todos los ahorros que su primo había dejado en la vivienda y ya estaba preparado para afincarse en el continente que no abandonaría jamás.

Hipólito no tenía que preocuparse por su condición de ilegal, pues las influencias que el Grande tenía valieron para que obtuviera documentos de identificación personal a través de fuentes ilegales de gran peso en esa sociedad. Algunos de los datos sobre la persona de Hipólito, que estaban plasmados en aquellos pliegos, eran erróneos, pero en esos momentos eso era lo de menos y quedaría inscrito en el país del petróleo de esa manera.

La pensión del millonario se llamaba Estrellita Caribeña e Hipólito empezó a desempeñar su trabajo de recepcionista, combinado con otras tareas propias de las posadas. Allí conoció a un gran número de personas, habitantes de la ciudad y de fuera de ella. También fue en ese lugar en el que escuchó hablar de la existencia de la Taberna Gallega.

Entró en la taberna de sus paisanos una tarde después de haber terminado su trabajo. Seguían reparando los daños, producto del desastre, pero el negocio ya estaba abierto al público. Había transcurrido el mes de cierre por el luto riguroso que habían guardado por la pérdida de gran parte de sus clientes y amigos.

De pronto, a Hipólito estuvo a punto de eclipsársele la vista al reparar en la presencia casi irreal de una hermosura. Ya había visto antes a esa divinidad que lo había visitado en un sueño y lo había hecho estremecer, mientras el barco luchaba con todas sus fuerzas para no sucumbir al huracán que lo amenazaba. ¡Era la sultana de entonces! De todo su pasado, era ese sueño el único recuerdo que le quedaba que, curiosamente, se manifestaba en ese momento con una precisión asombrosa. Allí, parado, no podía apartar los ojos de ella y sus piernas lo llevaron al lado de la *rapaza*, que estaba llenando los floreros de orquídeas en un intento de dar pinceladas de color a la sombra que había dejado la muerte colectiva.

—Me llamo Hipólito y soy uno de los vuestros —dijo el joven, con ánimo de agradar a la mujer que lo escuchaba.

Alfonsina levantó la vista de las flores y miró de frente al gallego que estaba a punto de caerse del mareo que estaba sintiendo.

—Ahora mismo te traigo una silla —contestó Alfonsina, sin sorprenderse, conocedora de la impresión que producía su presencia ante el mundo varonil.

—¡Cuanta amabilidad para un pobre infeliz como yo! —exclamó Hipólito casi en susurros.

Alfonsina sintió una especie de ternura hacia ese *mozo* que había aparecido de repente, un día cualquiera de su vida. La presencia de alguien nuevo en unas fechas marcadas por la desgracia era un augurio de buena suerte.

—Te voy a preparar un café y seguro que te va a sentar muy bien —dijo Alfonsina con un timbre de voz celestial.

Hipólito se dejaba mimar por su salvadora y estaba retrasando a cada minuto el momento de salir de aquel lugar que ya estaba en camino de convertirse en su segunda casa, aunque él aún no lo supiera.

Alfonsina tenía solo una amiga, pues ninguna *rapaza* en sus cabales quería juntarse con ella. Eso supondría estar siempre desventajada al lado de una *moza* tan increíblemente sensual. Luisa era una joven tranquila y con muchos valores humanos, estaba por encima de querer entrar en una lucha de competencias con Alfonsina y la apreciaba por ser como era. Por su parte, Alfonsina seguía rebosando humildad, a pesar de todo el deslumbramiento que despertaba a su paso. Continuaba manteniendo su carácter franco y campechano traído con ella de aquella isla bañada por el Mediterráneo que hacía ya tiempo había dejado atrás.

Las *mozas* salían a pasear juntas, se sentaban en los parques, iban a los bailes y sobre todo pasaban mucho tiempo en la Taberna Gallega. Allí había siempre un buen puñado de admiradores, dispuestos a dar lo que estuviera en sus manos con tal de conseguir una cita con ellas.

Alfonsina se convertía en la abeja reina a la que todos rodeaban y adoraban. Los pretendientes de Luisa se reducían a una cantidad mínima, casi inapreciable, pero no era un obstáculo para su amistad. Las amigas se confiaban sus secretos, deseos, alegrías, tristezas, ilusiones, decepciones, desengaños y toda la maraña de emociones que dos *mozas* pueden sentir, mientras experimentan la lozanía que trae consigo la entrada en la juventud.

Luisa se había enamorado perdidamente de Hipólito y quería conseguir llamar su atención. Le parecía que él no había reparado en ella, pero pensaba que con su buena voluntad, gracia y simpatía podría lograr atraer al chaval.

Un domingo los orensanos cerraron la Taberna Gallega muy temprano. Se armaron de enseres, esperaron a sus amigos en la puerta de su negocio y todos juntos se fueron a la embarcación que los iba a llevar a pasar el día a la isla Testigo Grande.

Luisa y Alfonsina estaban muy ilusionadas con ese trajín dominguero; les iba a proporcionar una jornada llena de sorpresas y alegría a compartir con todos aquellos *mozos* que las acompañaban. Luisa estaba en especial entusiasmada por la presencia de Hipólito, al que amaba anónimamente.

—Ay, amiga mía —dijo Luisa, riéndose—, cada vez que ese Hipólito está cerca de mí la mente se me queda en blanco y no acierto ni una. Si me esfuerzo en decir algo, el habla se me traba y parezco retrasada.

—Pues hoy tienes que ir a por todas —contestó Alfonsina, animándola—. Este es tu gran día: en medio de la naturaleza, al anochecer, con la luna encendida y el agua plateada en frente... Ohhh, Hipólito se quedará desarmado y caerá ante ti como un soldado vencido en una batalla.

—¡Qué loca estás! —se destornilló Luisa, riéndose a carcajadas—. No sabía que se te diera tan bien la palabrería. Me parece que vas a tener que conquistarlo tú por mí.

Alfonsina tenía mucho desparpajo, facilidad de expresión y agilidad mental para contestar de la manera más audaz y en las ocasiones más oportunas. Sin embargo, nunca quería destacar y la mayoría de las veces se quedaba en silencio para darle la oportunidad a los demás. Prefería permanecer en la sombra, para que pudiera sobresalir su amiga.

Al llegar a la isla, se hicieron varios grupos distribuidos de acuerdo a las edades. Las *mozas* iban resguardadas por cuatro zagales y los seis fueron descubriendo las maravillas de la naturaleza que aquel lugar tenía escondidas. Eran impresionantes las playas de aguas cristalinas y de arena blanca que hacían que la isla se iluminara desde los cuatro puntos cardinales. Encontraron un lugar donde dejar todo lo que llevaban para pasar el día. Las dos amigas se habían esmerado en preparar comida de campo y la orensana también les había ayudado con su toque personal traído del noroeste de la Península Ibérica. Pusieron dos mantas en el suelo y encima dejaron los cestos llenos de delicias con procedencias diversas, haciendo que los sabores y olores se mezclaran formando una nueva sustancia imposible de definir.

Alfonsina y Luisa se centraban en sus cosas y los cuatro chavaletes estaban a metros de distancia y se entretenían con temas exclusivamente varoniles, que solo a ellos concernían.

Pasaron la tarde en una playa que recordaba al paraíso. Todos habían visto el edén en cuadros, pero, por supuesto, nunca de manera real.

Alfonsina se bañó despertando miradas de las que ella no era consciente o intentaba no serlo. A Luisa siempre se le iba la atención hacia Hipólito, no tenía control sobre sus ojos. Al mínimo despiste se giraban sus pupilas buscando el lugar donde se encontraba él y en silencio observaba por el rabillo del ojo su fisionomía.

Al anochecer, decidieron ir todos juntos a caminar y despedirse con tranquilidad del deleite que los había acogido durante horas. Escogieron un rincón al final de la playa, donde la luna se dibujaba en las olas que estaban en remanso. Luisa se sentó entre Alfonsina e Hipólito y los otros *mozos* se desperdigaron por diferentes puntos del lugar.

Luisa le había pedido a su amiga que no la dejara sola con el hombre de sus sueños, pues no estaba preparada para tanta intimidad. Alfonsina había obedecido sin rechistar, pero también sin entender la postura de su amiga que desde su punto de vista era pura contradicción.

En aquel espacio de tiempo, ocurrió algo inesperado, quizás por la fuerza de la luna. El lucero pudo haber embriagado la percepción sensorial de algunos y su influencia arrasó con todo. Estaban en el más absoluto silencio, rodeados de sombras que se movían como seres animados. Mientras el astro sonreía, contemplándolos, los ojos de Alfonsina y de Hipólito se encontraron y ya no dejaron de mirarse. Ella había quedado cautiva del influjo de aquella noche del que ya no le sería posible liberarse.

En el barco de vuelta a la capital, Alfonsina notó un magnetismo hacia el gallego que la hizo buscar su cercanía. Solo le había ocurrido algo así con el capitán. Sin embargo, después de la despedida había estado demasiado ocupada con su nueva vida. Ni siquiera había tenido tiempo de echarlo de menos o tal vez no había querido enfrentarse a su ausencia.

Los asuntos del corazón eran enigmáticos e indescifrables. No se podía afirmar nada con seguridad. Sin embargo sentía que con Hipólito se había formado un vínculo que posiblemente perduraría en el tiempo y sería imposible de romper.

Alfonsina se acostó esa noche con una fiebre inmensa que tenía su origen en el alma. Se tocó todo el cuerpo, intentando encontrar al joven en los lugares más recónditos de su piel. El placer que sentía al recordar al *mozo* producía en su interior la segregación de un fluido que chorreaba como un torrente. El flujo mojó sus piernas por las que se formaron surcos hasta los tobillos. La fiebre subía y subía hasta llegar a su culminación para luego bajar, dejando una sensación de tranquilidad y calma en su cuerpo hambriento de deseo.

Todas las noches se repetían las mismas escenas en su cuarto. Muy pronto los efectos empezaron a notarse en su figura, que no solo llamaba la atención por su gracia, sino también por su extrema delgadez.

—Ya sabes que para nosotros eres igual que si fueras de la familia —afirmó la orensana, mirando a Alfonsina con preocupación—. Si necesitas algo o algún asunto te preocupa estamos para ayudarte y siempre puedes contar con nosotros.

—No quiero irme a Argentina y voy a decírselo a mis tíos para que no me sigan esperando —contestó Alfonsina con seguridad—. Siempre me habéis dicho que puedo quedarme aquí y he pensado que es lo mejor para mí. La verdad es que no conozco a mis parientes y desde que llegué a Venezuela me siento como si perteneciera a este país. Mi lugar es este, por eso el destino me trajo aquí.

—*Rapaza miña*, ¿qué es lo que te ha ocurrido para que hayas tomado ahora esta decisión? —preguntó la orensana con evidente curiosidad—. Te lo ofrecimos tantas veces y nunca nos diste una respuesta porque pensabas que podías perderte algo importante renunciando a tu viaje a Argentina. Me entristecía muchísimo pensar en tu posible marcha, no quería ni imaginármelo y por eso necesito saber que te ha hecho cambiar de opinión y acepto cualquier respuesta. Ya sabes que por encima de todo está el cariño que te tengo y nada de lo que vayas a decirme cambiará eso.

Las facciones de Alfonsina denotaron tensión al escuchar aquella pregunta y se quedó en silencio, intentando encontrar las palabras para responder.

—Señora mía —exclamó Alfonsina—, estoy tan agradecida de haberte encontrado que nunca en la vida podré recompensarte por todo lo que hiciste por mí. Sin embargo, ocurre algo sobre lo que ya no tengo control. Mi deseo supera la razón y ya no puedo frenarlo. La verdad es que tampoco quiero ignorar mis necesidades porque va en contra de mi naturaleza. No sé cómo aplacar esta fuerza que me desborda y no me deja un segundo de descanso.

—Tienes que hablarme claro —bajó la voz la orensana, mirando a Alfonsina fijamente, pues intuía que el tema a tratar estaba relacionado con la carne y el pecado—. Hasta estoy por pensar que puedes tener alguna enfermedad o que has perdido el juicio, con esa manera tan extraña de explicarme las cosas. Me dejas peor que si no me hubieras dicho nada.

Alfonsina cerró los ojos como si la vida se le fuera en el intento de concentrarse. En ese momento todo le suponía un esfuerzo sobrehumano, puesto que su sensualidad, rozando la lujuria, no le permitía pensar.

—Solo quiero estar con Hipólito —confesó—, es lo único que deseo en este mundo. ¡No puedo más! Estoy hasta el límite y me veo capaz de cometer cualquier barbaridad!

—¿Pero qué dices, alma de Dios? —preguntó sorprendida la orensana—. Pareces poseída por el diablo. ¿A qué te refieres sobre estar con él? No acabo de entenderte.

—¡Pues claramente lo que quiero decir! —levantó la voz Alfonsina—, estar con él, sentir su piel pegada a la mía y dormir juntos en la misma cama… Estar así todos los días, como tú con tu marido.

—Yo nunca hubiera podido decir eso delante de nadie —exclamó asustada la orensana—. Me hubieran mandado a la iglesia a confesarme y hubiera tenido que estar media vida rezando penitencias. Sin embargo, si estás tan segura de querer a mi paisano, podéis empezar un noviazgo, pues creo que lo harías muy feliz.

—Tengo que renunciar a Hipólito porque Luisa está enamorada de él —dijo Alfonsina con amargura—. Tendré que conformarme con verlo porque tampoco puedo irme y perderlo de vista para siempre.

Capítulo 4

A Josefa solo le quedaba la posibilidad de seguir tejiendo y destejiendo la vieja barba de Hipólito. Ya no recibía noticias de su marido por parte de Aniceto. Tal vez hubiera dejado de existir o, quizás, ese silencio era debido a la Guerra Civil. Todo iba dejando de funcionar con normalidad porque España estaba en vías de alcanzar la completa ruina en todos los sentidos.

En realidad, no tenía fuerzas para seguir preocupándose por el destino de su consorte por tierras lejanas. Tenía bastante con el día a día en un país atestado de crueldad, de odio, de venganza, de injusticias, de dolor, de violencia, de hambre, de ruina social y económica, de desapariciones, de humillaciones, de horror, de rechazo, de presión y represión.

La esposa que ella un día había sido se había esfumado para siempre jamás. Su carácter delicado y con tendencia a la sumisión había dejado de existir. Se había convertido en una madre valiente, luchadora y dedicada a batallar por la supervivencia de su familia. El apoyo de su suegra era de vital importancia en esos momentos, pues cada vez que la desgracia se les acercaba sus oídos perdían el don de la audición. Esto originaba que se le aguzara el ingenio y sus palabras adquirieran un color especial, contándole historias fantásticas a sus nietos con las que conseguía evadirlos de la cruda realidad.

La casa espaciosa de Josefa daba acogida a un gran número de vecinos y, a veces, también a personas que estaban en dificultades porque eran víctimas de injusticias.

Detrás del lagar había un hueco de varios metros de largo que se usaba como escondrijo. Estaba tapado con una losa de piedra que podía retirarse y era invisible para todo el mundo menos para la mujer de Hipólito.

Con su apariencia desgarbada, su delgadez extrema y su mirada inteligente, la madre de familia había perdido la devoción por los santos y la necesidad de llenar los domingos con sus rezos. Se había convertido en una rescatadora de individuos en peligro de muerte que eran víctimas de tiranos.

En un mutismo total abría y cerraba la puerta de piedra a todo aquel que lo necesitara, sin hacer preguntas. La comunicación estaba basada en el silencio que siempre había sido el mejor mensajero en tiempos de amenazas.

La eficacia de Josefa se extendía a todos los niveles. En su familia nadie pasaba hambre porque esa mujer descarnada se entregaba a su trabajo en cuerpo y alma para que no les faltara de nada a sus hijos y estos crecieran sanos en una nación que se estaba corrompiendo.

La madre de Hipólito, con su optimismo inventado para no hundirse en el vacío por la marcha de su hijo, se dedicaba a sus trapos. Zurcía día y noche con la idea de que nadie pasara frío y muchas veces aparecía con telas que Josefa no quería averiguar de donde procedían. En el fondo ya sabía que aquellos tesoros eran producto de los trapicheos de la anciana con desconocidos.

La madre de Hipólito era una fuente de recursos. Para seguir haciendo honor a su fama, y después de una intensa búsqueda, encontró una máquina de coser media apolillada en el *faiado* que uno de sus contactos del mundillo del trueque consiguió arreglar. Ese hallazgo fue lo más parecido a un premio de lotería en los años de máxima escasez. Con el artilugio cosía a velocidades insospechadas e incluso confeccionaba ropa para muchos de los aldeanos que en esos momentos tenían que cubrirse con sacos.

Mientras ella se esmeraba en ayudar a cualquier humano que estuviera a su alcance, los aldeanos se reunían en su casa para sentir que no estaban solos.

—Recítanos el poema del sabio que es mi preferido —pidió Antonia a Francisco, el Poeta, en la *lareira* de Josefa—. Hace mucho que no oigo esa poesía. Antes me emocionaba tanto con ella que, al escucharla, se me caían las lágrimas a borbotones.

—Será mejor que dejéis de pedirle a mi marido que siga con su lírica —exclamó la consorte de Francisco, el Poeta, verdaderamente preocupada—. Ya sabéis que se están llevando a todo el mundo de letras y esos desaparecidos no se vuelven a ver más. El miedo que yo tengo no es infundado. Todo el mundo sabe a lo que me refiero.

—Deja de angustiarte, *muller* —dijo el Poeta entre risas—, que yo soy un analfabeto y las letras de las que tú hablas no existen porque de mis dedos solo salen garabatos. Para ser más exactos, tengo que reconocer que hasta me costó dibujar una cruz las pocas veces que tuve que firmar.

La mujer de Francisco siempre acababa rindiéndose también ante la impotencia que le causaban los argumentos de su marido. Quizás tuviera razón y estuviera exagerando, pero tenía un presentimiento y no podía ignorarlo. A pesar de todo, optó por el silencio como acostumbraba a hacer y dejó que su marido siguiera recitando, pues era una de las cosas que lo hacía más feliz.

Antonia lo admiraba y lo escuchaba ensimismada. Todos sabían el interés que siempre había tenido la moza por Francisco. No era un secreto para nadie, pero con el tiempo se había convertido en un amor platónico que nunca pasaría a mayores.

Antonia había tenido que casarse con el panadero de la parroquia porque era el mejor partido para una *rapaza* de su patrimonio. El padre de la moza se lo había ordenado y no podía llevarle la contraria a su progenitor.

«¿Qué sabía ella de nada? ¿Acaso los padres no estaban para decidir sobre el futuro de sus hijos? —pensaba Antonia—. Eso no se podía discutir».

Obedeció sin llevarle la contraria al hombre que la había engendrado. Además de ser su padre era un señor de mando y poder; él y su hermano eran los dueños del único aserradero que había en toda la comarca.

Antonia vivía con su marido y con sus padres en una casa enorme, y a unos metros de distancia se encontraba la panadería en la que su marido estaba ocupado casi toda la noche y buen parte del día. Hacía mucho tiempo que la mujer del panadero se negaba a los deberes conyugales. Él tenía que soportarlo, pues Antonia estaba siempre arropada por sus progenitores y no permitían que nadie en este mundo le levantara la voz a su adorada hija. Así que, el marido tenía que aceptar la vida que le había tocado. Para sobrellevarla daba rienda suelta a su furia en el lugar de trabajo en el que se rompía el lomo, gritando como un poseso a sus dos empleados, e incluso a sus padres que eran los dueños.

El marido de Antonia era de derechas y eso significaba que estaba del lado de los fuertes, de los que llevaban la batuta y de los que serían los vencedores. La inclinación que tenía el horneador de pan por el fascismo le permitía vivir con tranquilidad y holgura. Al panadero le quedaban incluso horas para ejercer su tarea de espionaje, que cumplía a rajatabla. Enviaba sus observaciones acompañadas de pruebas, minuciosamente escritas, a la autoridad competente. A cambio de eso recibía muchos pedidos de pan que los soldados llevaban al frente en camiones cargados de piezas. Por los encargos, al marido de Antonia le pagaban una buena cantidad de pesetas que iba ahorrando con esmero para tiempos venideros. Lo que peor llevaba ese hombre consagrado a su trabajo era el rechazo de su mujer. Resistía las horas sucesivas de trabajo nocturno sin pausa para dormir. Aguantaba el calor de los hornos flameándole la cara. Soportaba el cansancio por la velocidad a la que tenía que moverse para recibir esos tesoros horneados que salían de sus cofres y se pagaban a precio de oro. El panadero podía con todo menos con la rabia que le producía la indiferencia de su mujer. A eso había que añadir los celos que le causaban las idas y venidas de su consorte a casa de Josefa, donde se encontraba también el Poeta.

Con el sabor del fracaso iba el panadero por aquellas aldeas en las que todos se conocían. A menudo se perdía en el monte a juntar leña para sus hornos y allí se desquitaba, estrangulando los árboles hasta convertirlos en diminutos fragmentos que acabarían desapareciendo con el ardor de las llamas.

A veces, estaba por allí Juanito, una *rapaz* de dieciocho años, metiendo piñas en un saco. El mocillo era el mayor de cuatro hijos de un matrimonio muy dedicado a la iglesia que vivía en la aldea de al lado. La mente y el cuerpo de Juanito no se correspondían a su edad; sobre todo, su vocabulario, que no había evolucionado tras haber cumplido los veinticuatro meses. Sus padres pensaban que el retraso de su hijo era un castigo de Dios por haber abandonado los oficios religiosos sin ninguna razón de peso; simplemente estaban agotados por las jornadas intensivas del trabajo de toda la semana y a eso se sumaban los cuidados que necesitaba la abuela encamada que vivía con ellos. Se habían descuidado, pero ya habían entendido el mensaje y ahora se dedicaban a la institución eclesiástica para recuperar la confianza de Dios.

Lo que la familia de Juanito ignoraba era que el *rapaz* había sufrido de falta de oxígeno al nacer y por esa causa había quedado dañado su cerebro.

—¿Qué haces aquí tú solo? —le preguntó el panadero, cuando se encontró con el niño por el monte—. ¿Dónde están tus hermanos?¿Saben dónde estás?

El *rapaz* solo se rio mirando al panadero al que conocía desde pequeño y recordaba bien porque siempre le daba roscas de la panadería.

—¡Ven conmigo, te llevo a casa! —le dijo el panadero con amabilidad.

El mocito obedeció sin poner ninguna objeción, cogiendo de la mano con confianza al hombre que tenía a su lado.

—¡Aquí os traigo a Juanito! —informó el panadero en voz alta delante de una casa—. Estaba entretenido en el monte y pensé que no debía estar allí solo a estas horas.

—Ay, muchas gracias —contestó con sinceridad la madre del niño—. Sus hermanos se olvidan de él por mucho que los avise. Lo dejan por ahí y solo se acuerdan cuando les pregunto por su hermano. Menos mal que a fuerza de quedarse sin compañía aprendió casi todos los caminos. La mayoría de las veces consigue llegar a casa sin ayuda de nadie.

—Si al niño le gusta jugar por el monte y sus hermanos no tienen tiempo de cuidarlo, puede venir conmigo —se ofreció el panadero—. Ya sabes que yo voy casi a diario a hacer leña para los hornos, no me cuesta ningún trabajo llevarlo.

—No tienes que molestarte, faltaría más —respondió la madre con una sonrisa.

—Pues nada, a mandar y hasta otro día —dijo el panadero—. Hacía mucho tiempo que no pasaba por aquí. Mi padre me hablaba mucho de todos tus finados y, además, los sigue nombrando, ya que por lo visto se trataba de una familia ejemplar y llena de virtudes. Creo que siempre se habían llevado muy bien y hasta eran parientes lejanos.

A la madre de Juanito se le llenaron los ojos de lágrimas y no supo qué contestar. La epidemia de tuberculosis se había llevado a sus padres en cuestión de semanas y solo le quedaba llorar por ellos.

—Perdona, soy un bruto y no sé lo que digo —se disculpó el panadero.

—Nada de eso, al contrario —contestó la madre de Juanito—. Me emociona escuchar palabras tan emotivas sobre mi familia. Es todo un honor y es admirable que tu padre aún los recuerde.

—¡Yo también me acuerdo de ellos! —dijo el panadero con cierta alegría, queriendo aligerar la pena de la mujer—. Aunque era un *rapaciño* y ya han pasado algunos años, no soy tan viejo como para no tener memoria.

La madre de Juanito sonrió levemente y se despidieron.

Al domingo siguiente el panadero estaba en la iglesia como si fuera el feligrés más devoto de la parroquia. Saludó a todos con una cordialidad asombrosa mientras su mujer y sus suegros lo observaban estupefactos porque esa no era su forma de ser.

Al salir de la misa estuvo hablando con los padres de Juanito y más tarde le ofreció al *rapaz* dulces de la panadería sacados de la manga. El chiquillo se lo agradeció dando saltos y el panadero le rio las gracias.

Poco a poco el panadero se fue ganando la confianza de la familia y, sobre todo, del mozo que al verlo aparecer en cualquier esquina se reventaba de risa. Preso de la alegría, asociaba al hombre que tenía delante con los roscones y las delicias que iba a saborear.

Una de las ultimas tardes de verano, estando Juanito recogiendo piñas para calentar la cocina en invierno, el panadero lo vio de lejos y le salió al encuentro. El niño demostró abiertamente su entusiasmo como hacía siempre y siguió inspeccionándole las manos para descubrir alguna sabrosura pastelera. Sin embargo, aquel día no llevaba nada consigo y el *rapaz* se puso a llorar de decepción.

—Ven Juanito, ahí tengo el carro con las vacas y estoy seguro que dentro hay algo para ti —dijo el panadero, animándolo.

El mozo se secó las lágrimas con la manga de la chaqueta y se puso a reír de nuevo mientras avanzaba rápidamente hacia el carro. Ya dentro, el panadero le dio unas galletas que el chiquillo devoró en segundos. El hombre, deseando tocar a Juanito, le prometió que le daría un premio si le dejaba acercarse a él. El *rapaz* lo miraba feliz mientras se dejaba hacer. Le quitó toda la ropa, le acarició el cuerpo desnudo, lo animó a que se tumbara boca abajo en el suelo del carro, dándole unos panecillos dulces, y allí mismo entró en él. Juanito lanzó gritos que duraron muy poco tiempo porque el hombre que tenía encima le tapó la boca con un trapo en la mano, regocijándose con el dolor insostenible de su víctima. Lo único que Juanito pudo hacer fue rendirse ante el monstruo que lo había inmovilizado. Cuando hubo terminado el abuso sexual y descargado su rabia encima del cuerpo del chiquillo, este se puso a llorar. El panadero lo consoló, meciéndolo en sus brazos y atiborrándolo de roscón. Luego se esmeró en limpiar con el mismo trapo y a escupitajos el cuerpo de Juanito, manchado de los fluidos que él había soltado, hasta dejarlo totalmente limpio. Después de comprobarlo, inspeccionándolo de arriba abajo, decidió que era hora de recogerse; estaba empezando a oscurecer y la familia pronto se pondría a buscarlo igual que otras veces. Lo llevó a su casa y los padres le correspondieron ofreciéndole unos tragos de coñac que el panadero les agradeció de corazón.

Capítulo 5

Alfonsina e Hipólito se amaban a escondidas y en cualquier sitio donde tuvieran la oportunidad de desfogarse, pues no había nada más estimulante que adorarse mutuamente. La pasión desenfrenada que había surgido entre los dos les impedía disfrutar de otras necesidades fisiológicas como comer o dormir. Se podía decir que ya no necesitaban nada porque se tenían el uno al otro. Sin embargo, había algo que Alfonsina también poseía y que le impedía disfrutar de lleno del juego del placer y del éxtasis. La conciencia era el peso que la amenazaba todos los días y a la que tenía que enfrentarse en soledad.

La *rapaza* llegada de la bella Italia no había nacido para mentir como tampoco había venido al mundo para reprimir el deseo que su cuerpo reclamaba. Nunca se había interesado por la moral recta y pura que le había intentado inculcar el cura a base de sermones en la capilla del pueblo. Tampoco su madre había conseguido sembrar en ella el recato, el valor por la castidad y por el decoro. A Alfonsina no le hacía falta eso en su vida porque siempre había apostado por la libertad y por permanecer fiel a sus sentimientos sin tener que disfrazarlos por miedo a que alguien los descubriera. Nunca se avergonzó de sus anhelos y apetencias porque le pertenecían a ella y los aceptaba como suyos. Estaba por encima de las tradiciones y los prejuicios.

Alfonsina era una mente evolucionada para la época que pocos se molestaban en entender, pero sí muchos en juzgar. A pesar de lo que pudiera parecer, tenía sus principios a los que siempre se había mantenido fiel y en los que creía firmemente. La franqueza, el respeto, la naturalidad, la simpleza, la generosidad y también la consideración habían encabezado sus acciones desde que Dios le había dado razón. Y ahora era consciente de que a sus veintitrés años había echado por la borda en un abrir y cerrar de ojos los valores que habían formado parte de su vida.

Alfonsina intentaba evitar a Luisa para que la marca de la traición que llevaba grabada en su fisonomía no la delatara. Entraba y salía de la taberna a velocidades insospechadas y daba la impresión de que su presencia era de vital importancia en todos los lugares. Hasta que un día se la encontró de frente y ya no tuvo escapatoria.

—¡Que ganas tenía de verte! —dijo Luisa muy emocionada—. Me crucé en la calle con Hipólito y me saludó muy sonriente. Nunca lo vi tan receptivo, hasta parece que quería pararse a hablar conmigo, pero al verme tan apocada en cuestión de amoríos no quiso ponerme en apuros. ¡Qué vergüenza! Me sonrojé y todo, seguro que se dio cuenta. Ay, querida amiga, tienes que ayudarme porque ya me duele el corazón.

Alfonsina se puso muy seria y la miró a los ojos, adoptando la actitud abierta y franca que formaba parte de su personalidad. Allí estaba, observando a su única y fiel amiga para revelarle su traición de frente, sin esconderse y apechugando con todas las consecuencias.

—No me sigas llamando amiga —ordenó Alfonsina con ímpetu—, estoy aquí para decirte que te he engañado. El mozo por el que suspiras y al que pretendes que te ayude a conquistar se ha convertido en mi amante. Todo mi ser le pertenece y la amistad que nos unía no fue lo suficientemente fuerte como para hacerme renunciar a él. Te mereces mi sinceridad y ni siquiera puedo pedirte perdón porque sería totalmente injusto por mi parte.

El rostro de Luisa adoptó el color impecable de las sábanas que se cuelgan al sol para que su blancura adquiera el tono del nácar. El iris de sus ojos se apagó hasta volverse transparente y de su boca no salió ni una palabra. Nunca jamás volvió a hablar con Alfonsina y ningún acontecimiento sucedido a lo largo de la vida de las dos mujeres fue capaz de romper el hermético silencio de Luisa.

La valentía de Alfonsina hizo que pudiera soportar la situación con entereza. Nunca se había dejado llevar por los contratiempos y, cuando alguna cuestión se torcía, siempre levantaba cabeza, ya que su ansia por resistir iba por encima de todas las pérdidas. Tenía una resiliencia a prueba de bomba y parecía no haber adversidad que pudiera con ella. Estaba dispuesta a encontrar soluciones para todo y de la manera más inverosímil porque poseía una gran creatividad. Alfonsina salía de cada percance aprendiendo, pues lo predisponía su actitud positiva ante la vida. Con todas esas particularidades, era fácil entender que siguiera pendiente de sus cosas, sin que nada ni nadie la distrajera.

La orensana, sin embargo, había dejado de atender en la Taberna Gallega porque se le caía la cara de vergüenza después de lo que había ocurrido con las dos amigas. Si no hubiera querido a Alfonsina como a la hija que Dios no le había dado, la hubiera echado de su vida a patadas para siempre jamás.

—Habrá que fijar fecha de boda, para que puedas casarte con Hipólito —dijo la orensana con seriedad.

—Nosotros no hablamos de matrimonio —contestó Alfonsina con tranquilidad.

—¿Pero, *rapaza* de Dios, que es lo que quieres hacer con ese mozo? —protestó la orensana—. ¡No ves que estás perdiendo toda tu honra! ¿Es tan difícil para ti entender cómo funcionan las cosas? Es igual adonde vayas, nada va a cambiar; siempre vas a ser una mujer y como tal tienes que actuar. Las normas ya estaban hechas antes de que tu nacieras y no las puedes cambiar por mucho que lo intentes. De ti se espera un comportamiento paciente, decente, pudoroso, recatado e inocente, pero vas por ahí haciendo todo lo contrario. Parece que quieres oponerte a toda la ciudad. Te estas creando fama de libertina, y eso te va a costar muy caro, porque te señalarán con el dedo y nadie te tomará en serio.

—Tienes toda la razón —contestó Alfonsina con sinceridad—, pero yo no voy a cambiar.

La orensana se quedó sin palabras y se puso a cocinar, que era el quehacer que más la distraía cuando estaba con el ánimo por los suelos. Se había dado cuenta de que no podía con esa niña y tenía que empezar a aceptarlo. Tenía más seguridad que nadie y con la determinación con la que se movía por donde quiera que fuera no había humano que la pudiera frenar.

El orensano, por su parte, tenía que lidiar todos los días con los comentarios de los clientes de la Taberna Gallega y ya estaba harto de defender a esa *rapaza* de sangre caliente. Tanto era así, que por meterse en la cama de Hipólito, despreciaba la amistad que la había unido a la pobre de Luisa.

El orensano había acordado con su mujer no inmiscuirse en la vida de Alfonsina, porque eso solo conseguiría empeorar las cosas. Él era un gallego de mucho genio, conservador y cumplidor de las tradiciones; un intercambio de palabras en tales condiciones desembocaría en un drama familiar del que con el tiempo acabaría arrepintiéndose.

Todo el mundo en el barrio estaba enterado de la maquinación hecha por Alfonsina a su amiga del alma y lo más curioso de todo es que ninguna de las dos jóvenes, y ni siquiera la orensana, habían dicho una palabra sobre el asunto. Era un misterio como las noticias se propagaban en la comunidad de emigrantes que se había formado en aquel país.

A pesar de la claridad de sus ideas y de sus convicciones, Alfonsina intentaba ponerse en el lugar de la orensana a la que ya había empezado a llamar tía por el afecto que las unía. No tenía derecho a desairarla y por eso había decidido seguir viviendo en casa de la familia que la había acogido. Incluso iba a aplazar la mudanza que ya había planeado con su enamorado.

Los dueños de la Taberna Gallega le habían prohibido seguir ejerciendo de pitonisa en su taberna de tapas y vinos. No lo habían hecho como señal de castigo, sino debido a la nueva clientela. Todos los que hacían cola para las sesiones adivinatorias eran del sexo masculino y eso indicaba que su nombre ya había caído en la deshonra. Era una desgracia que tenían que afrontar y solo esperaban que con el paso del tiempo aquella agitación empezara a suavizarse.

Al contrario de lo que pudiera parecer, en esa época se creó un vínculo muy estrecho entre la orensana y Alfonsina. Las acciones de la joven, su manera de hablar, la visión que tenía de la vida, su entendimiento y otras cualidades más iban creando peso y convicción en la dueña de la Taberna Gallega. En realidad, nada era planificado, puesto que lo único que Alfonsina hacía era mostrar su llaneza. Fue precisamente esa conducta la que provocó que la orensana empezara a plantearse entender la filosofía de vida de alguien tan especial. De igual manera, se esforzaba en observar el comportamiento humano desde la perspectiva de la que se había convertido en sobrina.

Llegó el día en el que Alfonsina hizo su equipaje con la bendición de su tía.

Aquella mañana todo eran nervios y prisas. Parecían los preparativos de una boda que siempre se quedaría en algo irreal, pues jamás llegaría a celebrarse. A la orensana se le caían las lágrimas mientras su querida Alfonsina la abrazaba creando un lazo de unión con ella que, por encima de todo, superaba convencionalismos y prejuicios.

«Las lloreras y el sentimentalismo no correspondían a hombres con los pantalones bien puestos —pensaba el orensano, manteniéndose al margen—. Esa sensiblería había que dejársela a las mujeres. No hay que ir contra natura ni empeñarnos en mezclar los papeles que el Señor nos ha destinado. Sería de locos».

Alfonsina se instaló en la vivienda de Hipólito, que era la misma que él había compartido con su difunto primo. Allí había espacio para dos personas y pronto aquel lugar se llenó con la presencia de la joven, que dejaba su esencia en cada rincón.

Era el comienzo de una nueva vida repleta de ilusiones que cada día estaban presentes. Para ella el colocar un pétalo de una orquídea azul encima de la almohada de la pareja era una razón de celebración. Festejaba cada detalle e Hipólito aprendía esa forma de disfrute.

—Queremos que vuelvas al negocio, *rapaza* mía —comunicó la orensana en una de sus muchas visitas a la pareja—. ¡Te echamos tanto de menos! La Taberna Gallega no es nada sin ti y la verdad es que nosotros tampoco.

—Muchas gracias —dijo emocionada Alfonsina—, yo también os extraño y volveré encantada. No lo dudes. Sin embargo, quiero que tengáis en cuenta que vosotros ya sois valiosos por el simple hecho de ser vosotros mismos.

—Ahora ya no puedo cambiar —dijo la orensana con tristeza—, siempre he sido así. No me enseñaron otra cosa y mi mente no es privilegiada para poder pensar de una manera diferente.

—No te juzgaré nunca —exclamó Alfonsina—, solo puedo quererte tal y como eres.

Se volvieron a tener en cuenta los días sensibles de sus ciclos y, después de haber puesto el cartel de apertura, ocupó de nuevo su silla en la Taberna Gallega. Allí estaban esperándola doscientos cincuenta y seis clientes que juntos formaban una cola, que atravesaba todo el barrio. Curiosamente, la clientela había dejado de estar compuesta solo por varones y a lo lejos se disipaba el colorido de los vestidos de flores que llevaban puestos las féminas.

Las habladurías del barrio habían cambiado de rumbo con el paso del tiempo, como solía ocurrir en las comunidades. La honra de Alfonsina había vuelto a recuperarse, pues se había corrido la voz de que se había casado. Además, según decían, la boda había sido en la máxima discreción por consideración a la que había sido su amiga. Eso, desde luego, decía mucho a favor de Alfonsina, que había pasado de ser una depravada a convertirse en una moza de gran corazón que respetaba, por encima de todo, el recuerdo de una amistad.

Alfonsina retomó el contacto con los peces gordos de la industria, del periodismo, de las ciencias, de la comedia entendida como género teatral, e incluso de la política. Su don adivinatorio, marcado por sus ciclos menstruales, iba adquiriendo una tendencia, orientada al apoyo de la mente que era imprescindible para la mayoría de los visitantes. Por ello, guiada por su intuición, ofrecía sus oídos y su comprensión en temas psicológicos.

Así conoció al jefe de Hipólito, que había dejado su vida de perdición nocturna. Ahora prefería gastarse el dinero en los grandes donativos que le daba a ella en señal de agradecimiento por su ayuda. Las sesiones que Alfonsina le ofrecía, eran el escape a la tensión causada por su responsabilidad laboral. Gracias a ella, había aprendido el arte de delegar, condición indispensable para la salud mental en jefes de alta escala. Como agradecimiento a la persona que le había salvado la vida, Hipólito recibió el puesto de director en uno de los mejores hoteles de la capital. Para el magnate hotelero era un honor poder hacer algo por la espléndida mujer. Así fue como el capital financiero fue aumentando en la vivienda de los enamorados.

Pronto tendrían que pensar en cómo invertir el dineral que estaban acumulando en un baúl situado en la alcoba, donde retozaban todas las noches. La oportunidad se presentó por si sola, sin que ninguno de los dos tuviera que hacer nada.

—Me estoy dando cuenta de lo importante que es librarme de tanta carga. —informó don Marcial, que así se llamaba el Grande—. Querida Alfonsina, quiero vender algunos de mis negocios. Estoy planeando empezar a vivir de una manera diferente a la que conocía hasta ahora y para ello tengo que aligerarme de responsabilidades. Dispongo de varias minas de mármol de las que me gustaría deshacerme porque están medio abandonadas, ya que ese tipo de mercado no es el que yo domino. Estuve pensando que, quizás, tengas interés en comprarlas. Con todos tus contactos, que incluyen personalidades del gobierno, seguro que podrías encontrar una buena clientela para el negocio del mármol, alabastro y piedras semejantes. Sé que habría muchos que estarían encantados en adquirir las minas, pero, primero, quiero ofrecértelas a ti.

Alfonsina se quedó pensativa sin saber qué decir, pues esa propuesta inesperada la había cogido totalmente de sorpresa.

Capítulo 6

El 8 de septiembre de 1938 apareció la Guardia Civil delante da la puerta de Josefa y, sin más preámbulos, la informaron de que tenía que acompañarlos al cuartel.

Encargó el cuidado de sus hijos a su suegra y le pidió que fueran a casa del Poeta si ella tardaba en volver. Se despidió de los niños y salió de su cocina muda del impacto por la impresión que le causaron esas dos personas, enfundadas en uniformes.

—¿Eres Josefa del Río Suárez? —preguntó un agente que la estaba esperando en un cuartucho oscuro y húmedo.

—Sí, señor —contestó Josefa con dificultad en el habla.

—¿Conoces a Manuel Pérez Santos, a Ricardo y Benito Rodríguez Agra? —preguntó el guardia, mirándola a los ojos.

—Sí, señor, son mis vecinos —dijo sumisa.

—¡Dinos donde están! —ordenó el representante de la autoridad.

—Estarán en sus casas, digo yo —dijo Josefa sin expresión que la delatara.

—No me vengas a mí con patrañas y menos a tomarme el pelo —alzó la voz el agente—. Sabemos de fuentes fidedignas que los tuviste en tu casa a sabiendas de que estaban acusados de traicionar a la patria. Por si aún no te has enterado, se trata de un gran delito y lleva consigo un castigo que no solo afecta al autor del acto, sino también a la persona que los encubre.

La misma serie de preguntas mezcladas con afirmaciones se repitieron una y otra vez, mientras las horas iban transcurriendo y empezaba a caer el crepúsculo.

—Estoy sola con mi suegra y mis dos hijos pequeños —exclamó Josefa sin demostrar el miedo que le estaba destruyendo las entrañas—. Trabajo todo el día para que mi familia no se muera de hambre. No tengo ningún ideal político. ¿Le parece a usted que puedo ser tan imprudente como para atreverme a darle cobijo a hombres buscados por la ley, poniendo en juego la vida de mi familia? Pueden buscar en mi casa a esas personas, pero será una búsqueda inútil porque nunca los van a encontrar allí.

—Sí, vamos a hacerlo, mientras tú te quedas aquí —informó el guardia—. Te compadecería mucho si diéramos con algo alarmante.

Josefa temblaba de pies a cabeza. No solo por miedo de que encontraran la losa secreta en el lagar, sino porque también sabía que los niños se iban a asustar muchísimo al ver a los guardias en su casa.

De repente, entró uno de los agentes y se acercó al que la estaba interrogando. Le dijo algo al oído y salieron los dos. Se quedó sola, acordándose de su marido que era el que resolvía siempre los asuntos familiares sin que ella tuviera que vérselas con nadie.

—Lárgate de aquí, volando —dijo el guardia cuando volvió al cabo de una hora, que a Josefa le había parecido un siglo—. No quiero volver a verte nunca más.

La mujer de Hipólito salió sin escolta de aquel cuarto nauseabundo, construido para la tortura humana. Ya fuera, estaba esperándola el panadero, que se acercó a ella con una sonrisa afectuosa y cordial.

Josefa se sorprendió al verlo, pero no lo demostró y se limitó a saludarlo con un monosílabo para luego seguir su camino.

—¿No me vas a dar las gracias? —preguntó el panadero.

—¡Has sido tú mi salvador! —afirmó Josefa con ironía, puesto que el servicio que el panadero ofrecía a las autoridades era conocido en toda la parroquia.

—Vamos a ver —dijo en tono confidente el panadero—, no confundamos las cosas. Ha sido una mera casualidad y te aseguro que le has debido de rezar a santos muy eficaces para que yo llegase justo en el momento oportuno. Esos tres vecinos, buscados por la ley debido a su rebeldía política, han aparecido. Yo los encontré y vine a dar parte a la Guardia Civil como es mi deber y el tuyo también. Estás a salvo y puedes volver a tu casa, pero ahora que estás aquí, te voy a advertir de algo y espero que no lo olvides nunca: estás acogiendo todas las noches a mi mujer y a mi nuera en tu *lareira*. Eso va en contra de las obligaciones matrimoniales, porque el lugar de una esposa es la casa que comparte con su marido. Si estas facilitando encuentros clandestinos entre Antonia y ese desgraciado Poeta, te vas a arrepentir porque puedo encontrar pruebas que te inculpen en ilegalidades y te impidan volver a ver a tu familia. Eso sería terrible, teniendo en cuenta que tus hijos ya no tienen padre y se podrían quedar prácticamente solos en el mundo. En lo referente a tu suegra, no es secreto para nadie que está perdiendo la cordura. Así que, por tu bien, te recomiendo que le cierres las puertas a toda esa gente a la que invitas a tus tertulias nocturnas.

El rostro de Josefa empalideció y en su cuerpo sintió un estremecimiento hasta la raíz de su cuero cabelludo. Sin embargo, no lo demostró y después de mirar al panadero a los ojos con frialdad se fue a su casa apurando el paso.

Antes de entrar, le salió Pepe al encuentro, abrazándola, para que nadie se la llevara. Por su hijo se enteró de lo que la abuela había inventado esa vez. Para su suegra, Josefa había pasado el día en la romería de San Andrés de Teixido, que se celebraba muy lejos de su aldea pontevedresa.

—Mamaíta, ¿has traído *sanandresiños* hechos de miga de pan?¿Has bebido de la fuente de los tres caños? ¿Has pedido un deseo antes de beber? Solo se cumple el deseo si la miga de pan que se tira a la fuente flota en el agua.

Josefa no se acordaba de las ceremonias de la romería y no sabía qué contestar. Solo se reía al darse cuenta de todo lo que había hecho la abuela para distraer a sus nietos en su ausencia. Sin embargo, también sabía que para la madre de Hipólito, se trataba de un suceso real, pues en ningún momento hubiera podido admitir que se habían llevado a su nuera al cuartel.

En su alcoba, la mujer de Hipólito cogió la barba de su marido con la intención de seguir tejiendo lo que ya había destejido. En ese momento las lágrimas acumuladas durante tres años salieron a borbotones como si se tratara de un aguacero imparable. Josefa se vio incapacitada para seguir haciendo punto y de su alma, hundida por el dolor, salieron gritos de desesperación que fueron escuchados en toda la aldea, aunque nadie supo de dónde provenían.

Josefa no dio muchas explicaciones sobre lo sucedido en el cuartel, pero sí las suficientes para que sus vecinos entendieran ese lenguaje a medias que empezaba a usar la población.

A partir de ese momento se terminaron los encuentros en su *lareira*, que se habían convertido para los asistentes en el único aliciente que los mantenía en contacto con la ilusión por la vida.

A falta de las reuniones nocturnas en casa de Josefa, Antonia había ido apuntando en unos pliegos de papel amarillento los versos que recordaba de las poesías recitadas por el Poeta. Por las noches, al lado de su madre, sentadas alrededor de su propia *lareira*, las recordaban juntas. A veces intervenía la progenitora, corrigiendo a su hija, y recomponían los poemas juntas. Incluso el padre de Antonia prestaba atención a la lírica recitada por su familia, mientras bebía a sorbos el vino tinto hecho en casa por él mismo.

El panadero no solía estar a esas horas de la noche, pues tenía que trabajar y para Antonia y sus padres era un alivio estar juntos después de la cena sin su consorte y yerno. La presencia del panadero creaba un ambiente desagradable que no se podía describir con palabras, pero se sentía como un impacto repulsivo.

Cuando el marido de Antonia llegaba a casa, después de interminables horas de hornear pan, su odio aguantado a duras penas ennegrecía la estancia. Los que se encontraban allí perdían, de repente, el interés por compartir algo y se quedaban en silencio.

El panadero seguía descargando su furia en los árboles del monte. Los dejaba en el suelo degollados por sus manos con sed de venganza a causa de todos los desprecios que sufría por parte de su propia familia.

El poder que experimentaba al abusar sexualmente de Juanito, le ayudaba a controlar los deseos de violencia hacia otras personas. Cuando su sexo se descargaba encima del cuerpo del mozo, semejaba a un volcán en erupción que disparaba toda su lava para luego permanecer en calma hasta su próxima explosión.

El comportamiento de Juanito había cambiado, pero parecía que sus padres no se dieran cuenta. El retraso de su hijo hacía que no repararan en su conducta, puesto que todo lo que hacía siempre era visto como anormal. A nadie le llamaba la atención que, de repente, el *rapaz* tocara sus genitales o sus nalgas o se desnudara llorando delante de cualquiera. Nadie se fijaba cuando Juanito ya no quería comer los dulces que les había llevado el panadero. Ninguno de la familia intentaba buscar una respuesta al hecho de que el pequeño se orinara casi todas las noches en la cama que compartía con su hermano.

A veces, el Poeta, veía al panadero en el monte. Los dos se adentraban en la frondosidad de las arboledas para degollar pinos y carballos, pero lo único que tenían en común era la intención de almacenar la valiosa leña que les permitía hornear, cocinar y calentar sus casas de labranza y pesca.

El Poeta, se sorprendía al ver al panadero de tan buen talante. Normalmente solo se dirigía a él con un gruñido a modo de saludo. Sin embargo, ahora se mostraba animado y con ganas de charla. La sensibilidad del lírico le alertaba del cambio que presentaba el panadero y no podía dejar de desconfiar de aquel hombre que era la viva imagen de la falsedad.

Al Poeta le vinieron unos pensamientos muy extraños, mientras observaba al panadero y tuvo que abandonar el pinar antes de que la repugnancia dominara todo su ser.

Al día siguiente, se puso a reparar las redes para la nueva temporada de la recogida del berberecho y, de repente, las náuseas se asomaron a su garganta cuando la imagen del panadero volvió a su mente.

En la otra esquina de la aldea Antonia buscaba por toda la casa las poesías que había recopilado de su amor platónico, el Poeta. Miró en todos los cajones, en todos los cuartos, en el pajal, en el corral, en la era y en los establos. No se veía ni un asomo de los folios cargados de rimas sobre ríos, campos, flores y gaviotas. Sobre añoranzas, despedidas, encuentros y promesas. Sobre esperanzas, amores, ilusiones y deseos.

La mujer del panadero dio por vencida su búsqueda sin logro y se puso a llorar de la impotencia. Se lo contó a sus padres y, aunque nadie dijo nada, todos sabían la respuesta.

Capítulo 7

Alfonsina e Hipólito se habían convertido en los propietarios de las minas. Sería el comienzo de un negocio familiar que perduraría por los siglos de los siglos y destacaría por su rentabilidad y el lucro del que disfrutaría la familia. La pareja recurrió al orensano para que la instruyera en el mundo de la mercadería, de la transacción, del dividendo y del interés.

Alfonsina consiguió un monopolio con el gobierno en el que le concedían, únicamente a ella, el derecho de venderles su piedra y, por lo tanto, eso conllevaba la obligación de comprarle solo a ella.

A partir de ese momento, los bolívares que se fueron acumulando en el baúl de la alcoba de la pareja se desbordaron por el suelo y ya no quedaba espacio para el metal en la vivienda que ocupaban, por lo que decidieron mudarse de barrio, así que compraron una casa colonial y holgada en las afueras de la ciudad, con el propósito de crear una familia.

Alfonsina animó a los orensanos para que se fueran a vivir con ellos, pero la pareja no quería abandonar su vivienda al lado de la Taberna Gallega.

Hipólito dejó su trabajo de director de hotel para dedicarse a la empresa familiar y se compró un coche para poder viajar con rapidez y así vigilar de cerca la producción de las minas.

Alfonsina seguía pronosticando el futuro de todos aquellos que la esperaban durante horas a la puerta del negocio de los orensanos. Sus ciclos menstruales seguían sucediéndose unos detrás de otros y siempre puntuales; no había una interrupción porque el vientre de Alfonsina no gestaba.

Volvieron de visita a Testigo Grande, donde la luna los unió la noche en la que Luisa soñaba con enamorar a Hipólito. Se sucedieron los recuerdos en la mente de Alfonsina y eso le trajo una sensación agridulce. Se acordó de su amiga y, al mismo tiempo, regresó a su memoria la fuerza de la pasión que sintió por su Hipólito. Incluso ahora y después de años volvía a experimentar la lujuria y a la sensualidad que aquella noche se adueñó de ella.

La pareja se unió en la orilla de la playa solitaria, cuando la luna triunfante se reía al recordarlos. Se quedaron en ese lugar toda la noche y por la mañana, de camino al barco, vieron una casa preciosa pintada de amarillo, que derramaba luz por todos sus rincones y que alguien quería vender. Compraron ese lucero que los estaba esperando y que siempre los acogería en épocas clave de su vida.

Al estar de nuevo en Caracas, Alfonsina se esmeraba en aprender el manejo de los bolívares y también en la habilidad para las relaciones públicas. Esa actividad le abría las puertas de la vida social caraqueña y así era como ella e Hipólito estaban presentes en todos los eventos importantes, codeándose con las grandes personalidades del país y de los estados vecinos.

Alfonsina había tenido que adquirir destrezas en el arte de librarse de una manera diplomática de los muchos pretendientes que la perseguían y aprovechaban la mínima ocasión para acercársele. Hipólito solo tenía que ausentarse por unos segundos y ya surgían de la nada varones de todas las edades, igual que cuatreros que lucharan por conseguir un botín. Cuando el pontevedrés volvía al lado de su amada, la manada de machos que la rodeaba se esparcía a la velocidad del rayo y la pareja no hacía ningún comentario. Eran situaciones repetitivas que ya se habían convertido en una constante.

A pesar de toda su feminidad, su cuerpo no obedecía las órdenes que ella le daba y solo le respondía con la ausencia de preñez que todos los días le recordaba su infertilidad.

Alfonsina veía a todas las mujeres de su edad con hijos y, en vez de cerrar los ojos para no sufrir, buscaba soluciones con la idea de conseguir lo que deseaba.

Muchas veces usaba los dones adivinatorios para averiguar su destino y siempre vislumbraba una imagen en la que ella se veía rodeada de infantes. No entendía ese mensaje y pensaba que su talento de echar la buenaventura le estaba jugando una mala pasada. Sin embargo, a fuerza de visualizar siempre lo mismo, tuvo que empezar a tomárselo en serio.

Un día logró descifrar el misterioso acertijo que las ciencias ocultas le estaban presentando y se puso manos a la obra.

A falta de orfanatos, los críos solían aparecer en las puertas de las iglesias para que los sacerdotes se hicieran cargo de ellos, ya que muchos padres no podían. Los pequeños crecían con los curas y luego trabajaban de monaguillos en las iglesias.

Alfonsina entró en la Casa de Dios más cercana sin

perder un segundo. Sentía una gran emoción y parecía que se le iba la vida en ello. La atendieron al instante, puesto que ya se había convertido en una personalidad en Caracas. Allí pudo ver a dos niños esperando su suerte, que a veces llegaría rápido, otras se retrasaría y en el peor de los casos no la tendrían nunca.

—Me quedé impresionada con la mirada de dos chiquitines, Hipólito —le contó Alfonsina muy emocionada—, parece que están pidiendo que alguien les dedique una sonrisa, aunque sea solo unos segundos. Quiero ayudarlos.

—Ya les estamos echando una mano —dijo él—. Sin nuestros donativos carecerían de ropa y juguetes. Hacemos todo lo que podemos.

—No es verdad —le contradijo Alfonsina—, podemos darles un hogar, el nuestro. Hoy he visto a dos hermanitos, un niño y una niña, que se sentían muy a gusto a mi lado. Noté que con ellos tuve una conexión muy especial y los curas estarían encantados de dárnoslos.

—Podemos tener nuestros propios hijos —respondió Hipólito con cierto malestar en el cuerpo.

—Claro que sí, pero una cosa no quita la otra —añadió ella sonriente—. Hay muchos niños perdidos que necesitan padres y podríamos contribuir a su felicidad.

—Alfonsina, no podemos traer a casa a todos los huérfanos de la ciudad —alzó la voz Hipólito—. Es una locura hablar de este tema.

—Menciono a dos —dijo sin alterarse—. En ningún momento se me ha ocurrido que pudiera salvarlos a todos.

Hipólito se sentía incómodo al oír hablar de la posible adopción, notaba un dolor en el pecho al que no le encontraba explicación y todo le daba vueltas. Su cabeza parecía una noria y tuvo que salir a respirar aire puro para no caerse desplomado.

—No puedo explicarte lo que me pasa —dijo sinceramente Hipólito—. Lo único que sé, es que en estos momentos no estoy preparado para la llegada de dos niños.

—Lo entiendo —contestó ella en actitud comprensiva—, esperaremos a que llegue ese día.

Alfonsina iba todos los meses a la Taberna Gallega a atender a la clientela que la estaba esperando impaciente. Al mismo tiempo disfrutaba muchísimo de ver a los orensanos que siempre celebraban sus encuentros. Cuando se quedaba con ellos había una comida especial, de fiesta, que la orensana se esmeraba en cocinar.

Después del almuerzo, Alfonsina se retiró al que había sido su cuarto para relajarse. No conseguía dormir bien desde que su Hipólito del alma no demostraba deseos de ser padre.

Se sentó e intentando distraer sus pensamientos se puso a abrir cajones de una cómoda pesada que estaba al lado de la puerta. En una de las gavetas había una pila de sobres atados con un cordón que despertaron su curiosidad. Los cogió, los desató y, al leer el nombre del remitente, no podía dar crédito a lo que estaba viendo. Eran cientos de cartas de amor, con fechas de cada semana, en las que ella era la destinataria. El capitán se las había mandado pacientemente durante años.

—¡Tía, me escondiste mi correspondencia! —le reprochó Alfonsina a la orensana con los pliegos en la mano—. Esto es una intromisión en mi vida privada sin el mínimo respeto. ¡No tenías derecho a hacer algo así! ¡Nadie lo tiene!

—Quería facilitarte las cosas —exclamó la orensana con pena—. No ibas a poder comprometerte con el capitán porque siempre estaba embarcado. No tenías futuro con él y yo obré como lo hubiera hecho una madre; quise protegerte del sufrimiento. Luego ya estabas con Hipólito y no tenía sentido que te pusieras a leer tanta escritura de otro hombre.

—¡Has dispuesto por mí! —dijo Alfonsina con enfado—. Me has quitado el poder de decisión ante un asunto personal que solo a mí y a él nos concernía. No te importó ignorar los sentimientos de ese hombre. El amor que sentía por mí está plasmado en cada palabra que me dedicó en sus cartas y tú permitiste que yo creyera que el capitán solo me había visto como una aventurilla de travesía.

—Yo hice lo que pensé que era mejor para ti —exclamó alterada la orensana—. Tenías pretendientes a cada paso que estaban siempre importunando y ese lobo de mar era uno más; no lo necesitabas en tu vida.

—¿No se te ocurrió pensar que podría preocuparse por mí al no tener nunca noticias mías? —preguntó Alfonsina irritada.

—¡Pero si casi no te conocía! —afirmó la orensana—. ¿Por qué se iba a alarmar, *rapaza*? Es un hombre y ellos no son como nosotras, no tienen la predisposición de velar por el prójimo.

—No podemos juzgarlo —dijo Alfonsina—. No tenemos ni idea del modo de ser del capitán...

—¡Ay, Señor! Intenté entender tu manera de ver la vida —la interrumpió la orensana—, respeté tu fobia a convertirte en una mujer casada, llegué a admirar tu fortaleza y tu condición de joven libre al estar por encima de las convenciones. Además te defendí y te acompañé en tus ideas, consideradas indecorosas por todo el mundo y ahora, de repente, por una menudencia de nada, recriminas mi forma de actuar como si yo hubiera sido eternamente tu enemiga. ¿Acaso estás mal? ¿Hay algo que no funcione para que tengas que añorar el pasado?

—Tengo en cuenta toda tu comprensión —contestó Alfonsina—. Le estaré agradecida de por vida al capitán por haberme traído a tu lado y, aunque solo fuera por esa razón, ¿no crees que merece nuestro respeto?

—No puedo seguir toda tu prosa, es demasiado para mí —exclamó la orensana y desapareció detrás de la puerta.

Alfonsina se quedó en silencio, observando las cartas de su antiguo amante, que al principio estaban fechadas en espacios de tiempo cortos y luego se iban espaciando. La invadió la nostalgia y lloró hasta perder la noción del tiempo. A su memoria vinieron imágenes de su madre y de su hermana con sus hijos; era su familia más cercana y estaban en el viejo mundo. Luego se acordó de su viaje a tierras desconocidas y del hombre que capitaneaba el barco. Nunca hubiera pensado que aquel sueco cortés e instruido hubiera experimentado sentimientos tan genuinos a su lado. Le dolía el corazón al recordar lo que en su instinto por sobrevivir había reprimido y se afligió al darse cuenta de que no había sido libre.

Consiguió aliviar su consternación porque desconocía lo más significativo y era que el capitán había ido a verla a la Taberna Gallega y la orensana le había recomendado que no volviera más.

Las idas y venidas de Alfonsina a la iglesia iban en aumento, pero no precisamente para rezar, la razón era que se estaba acostumbrando a los niños.

La pareja de hermanos contaba los días y las horas hasta la llegada de su salvadora. La mujer más bonita del mundo se había fijado en ellos y entraba en sus vidas cargada de amor para ofrecérselo en abundancia. Fernanda, a sus once años, soñaba con llegar a ser algún día como Alfonsina y a su hermano Carlitos, de cinco, le encantaba que Alfonsina lo llevara en brazos.

A veces se iban a Testigo Grande a pasar algún fin de semana en la casa amarilla que los recibía siempre con su luz esplendorosa, independientemente de la estación del año. Hipólito los acompañaba intentando disfrutar de esos encuentros y con la esperanza de dejar de sentir la presión en el pecho que lo importunaba tanto.

—Vamos a buscar conchas —le dijo Alfonsina a los niños—, luego las pintamos y hacemos collares y pulseras.

—Sí, me encanta la idea —gritó Fernanda—. Podemos hacer también castillos de arena con ellas. Hipólito nos va a ayudar. Me lo prometió.

Los niños lo incluían en todos sus planes e ideas; sabían que sin él no estaba el grupo al completo porque faltaba una pieza fundamental. También notaban la manera escurridiza de su comportamiento y la dificultad para abrirles su corazón. Por esa razón, se esmeraban en agradarle.

El proceder de Hipólito era extraño y Alfonsina había desconectado un poco de su compañero de vida. Se centraba en los pequeños, que desde su punto de vista, la necesitaban más.

Cada vez que podía se iba a la casa amarilla en Testigo Grande y pasaba días con los niños. Cuando volvían a Caracas y los dejaba en el lugar de acogida de la iglesia, lloraban a gritos, agarrándose a la primera persona de la tierra que les había dedicado su tiempo. Las despedidas eran terribles y Alfonsina no sabía cómo apaciguar a los huérfanos para que dejaran de sufrir. Ya no había manera de aplacar el drama que se producía al dejarlos en la iglesia, por eso, las separaciones fueron disminuyendo y pasaban más tiempo en el domicilio de la pareja que en la casa eclesiástica de acogida.

Hipólito aceptaba la nueva forma de vida porque sabía que con ello hacía feliz a Alfonsina y para él eso era lo más importante. Ella era la persona a la que más quería.

Cuando los niños se ausentaban, volvía a ser el mismo de siempre y se derretía por su compañera igual que cuando la visualizó por primera vez en un sueño premonitorio. Sin embargo, al estar los cuatro, Hipólito se hundía en su trabajo y no le quedaba tiempo libre para su familia. No difería mucho de un padre tradicional de la época; los progenitores que tenían por costumbre marcar la distancia con sus hijos en señal de respeto. Sin embargo, la razón por la que Hipólito se alejaba al ver a esos infantes era otra. Se trataba de un impulso involuntario para evitar la presión que sufría en el pecho al estar con ellos. Era algo vergonzoso, extraño y muy difícil de aceptar. Alfonsina, por el contrario, quería compartir aquella alegría con sus allegados.

—Tía, vengo aquí para enseñarte a los niños —le dijo Alfonsina, emocionada a la orensana—, puede que se queden a vivir con nosotros y quiero que los conozcas.

—Ay *rapaza niña*. —La orensana se abrazó a Alfonsina, llorando—. ¡Cuánto te eché de menos! Y no me atreví a ir a tu casa porque creí que estarías enfadada conmigo. Perdóname si no sé entenderte. A pesar de mis errores, todo lo que hago es porque te quiero.

—Nunca te guardo rencor, aunque discutamos —contestó Alfonsina—. Nos podemos decir las cosas sin llegar a dañar nuestros sentimientos porque nos tenemos confianza y eso es lo que cuenta. No todo el mundo lo consigue. Si quieres que te diga la verdad, yo tampoco me atrevía a venir por aquí, pues no sabía cómo ibas a reaccionar al verme. Luego creí que sería buena idea aparecer con los niños, pero la verdadera razón es que me moría de ganas de verte.

—Siempre estaré aquí para ti —respondió la orensana, llorando a pleno pulmón.

Los niños se acercaron con mucha confianza a los orensanos porque notaban el afecto que había entre su querida Alfonsina y el matrimonio.

La pareja de hermanos corría por la Taberna Gallega, hablando con cualquiera que les diera un poco de charla. Tenían mucha madurez para su edad porque ya habían acumulado una buena cantidad de experiencia a lo largo de su corta vida. Eran expertos en el conocimiento humano, con sus defectos y sus virtudes y casi se podría decir que habían desarrollado habilidades en el don de gentes.

La orensana estaba encantada con las criaturas e incluso ella misma, en un abrir y cerrar de ojos, volvió a su niñez. Allí mismo, en medio de la algarabía de su taberna, brincaba con los *rapaces* con una gran precisión. Parecía que el salto era la actividad que mejor dominaba de todas las que había aprendido, desde que su remotísima aldea la había visto nacer.

—Espero que un día los puedas adoptar —dijo la orensana—. Es una pena dejarlos solos en esas casas de acogida en las que nadie sabe cómo viven.

—Estamos intentando conocernos —contestó con cara afligida Alfonsina—, y luego supongo que vendrán a vivir con nosotros.

—¿Qué te pasa, Alfonsina? —preguntó la orensana algo preocupada—. Deberías estar mucho más feliz en estas circunstancias. Te noto apagada y con poco ánimo

—Cosas mías, tía —exclamó—. Nada importante.

—No voy a insistir porque ya sé que eres muy tuya y no quiero importunarte —afirmó la orensana—, solo quiero recordarte que, aunque yo sea atrasada en mi manera de vivir, voy cargando con una buena cantidad de años a mis espaldas. Eso no me da inteligencia, porque el intelecto no se reproduce con la edad. Sin embargo, me aporta un conocimiento único que está basado en el rodaje de la vida. Entrañas mías, he vivido muchas situaciones y de una manera muy intensa. Esas vivencias son como cicatrices incrustadas en mi piel y en cada una de ellas se encierra un episodio de aprendizaje. Ya he perdido la cuenta porque son muy numerosas, pero en vez de entristecerme me dan mucha alegría, pues, quizás, mis hombros valgan de apoyo a alguien que los necesite...

—¡Basta! —alzó la voz Alfonsina—. Me voy a poner a llorar como sigas así. Siempre acabas removiendo todas mis emociones hasta el punto de que ya no puedo contenerme y me siento prisionera de mi llanto. Aunque parezca imposible, tengo que confesarte que yo también lloro, tía. Tengo mi lado vulnerable que intento no revelar, pero me traiciona y sale a escondidas cuando me despisto.

—El mostrar las debilidades es una señal de fortaleza —contestó la orensana—. Acuérdate siempre de lo que te dice esta vieja que todo lo que sabe se lo enseñó la escuela de la vida.

—Las cosas son como son y no se pueden cambiar —empezó Alfonsina con algo que tenía aspecto de ser una confesión—. Hipólito se está alejando de nosotros, de mí y de los niños y no sé cuál es el motivo. Lo que sí sé es que tiene que ver con los pequeños. Quizás esté decepcionado por no tener hijos propios o, tal vez, le moleste que yo pase mucho tiempo con Fernanda y Carlitos. Ese comportamiento es un enigma para mí. Así que creo, querida tía, que no hay solución para algo tan banal y tan trascendental a la vez.

—Si no has conseguido que te dé una respuesta a tus preguntas es porque ni el mismo conoce los motivos —dijo tranquilamente la orensana—. Si lo supiera te lo diría porque tú eres el centro del universo para él. No hay más que ver cómo te observa. Se derrite por ti. Así que creo que para intentar averiguar algo vas tener que recurrir a lo que se te da tan bien.

—¿Pero de que hablas? —preguntó sorprendida Alfonsina—. No acabo de entenderte.

—¡Qué va a ser, alma cándida! —dijo la orensana—¿Qué haces tú en la taberna?

—Nunca se me habría ocurrido leerle el futuro, pues lo imagino como una parte de mí y con el mismo destino —contestó Alfonsina.

—Hipólito tiene un futuro como todo hijo de vecino —informó la orensana—, y también hay que suponer que habrá tenido un pasado que, por desgracia, ignora por completo.

Alfonsina entendió el mensaje de su tía y también comprendió que nunca había pensado en el ayer de su compañero de vida.

Capítulo 8

Josefa se había levantado con mucha intranquilidad. El sueño que había tenido no la dejaba tranquila. Estaba empapada en sudor, presa de las pesadillas que la habían atormentado durante la noche. Las imágenes oníricas consistían en persecuciones, huidas, desapariciones, miedo y sangre.

La visita al cuartelillo y el encuentro con el panadero le habían dejado muy mal sabor de boca. Ahora sabía que estaba siendo vigilada por esa gente y que seguramente no la dejarían en paz. El miedo y la inseguridad se deslizaban por la noche en su alcoba, cuando ella perdía el control sobre su mente, mientras que durante el día se podía distraer algo gracias a sus obligados quehaceres.

—Cuánto me alegro de verte — le dijo la mujer del panadero a Josefa al coincidir con ella camino a la playa en busca de mejillones.

—Hola Antonia, ¿cómo estás? —preguntó Josefa.

—No sé qué decirte —contestó Antonia—, infeliz como siempre. Eso ya no es una novedad para nadie, ya que todos estamos igual de mal.

La mujer de Hipólito se sorprendió de la franqueza de Antonia, pues no era persona de aligerar el peso de su alma con los demás.

—¿Qué te pasa? —volvió a preguntar Josefa—. ¿Quieres decirme algo?

—Tengo miedo igual que todos —exclamó Antonia—, me preocupan los míos, el futuro y, en resumidas cuentas, me inquieta pensar en cómo acabaremos todos.

—Pienso que si hay alguna familia que pueda estar tranquila en estos tiempos esa es la tuya —expresó Josefa con cierto desagrado que no le pasó desapercibido a su amiga.

—Ay, Josefa, si yo te contara... —se le quebró la voz y no pudo seguir hablando.

—La verdad es que no sé qué quieres que te diga —manifestó Josefa—. Hay temas mucho más espinosos que las desavenencias matrimoniales.

—Estoy preocupada por el Poeta, —declaró la mujer del panadero con alarma en los ojos.

—¿Quieres explicarme de una vez qué significa eso? —contestó Josefa perdiendo la paciencia— Estoy harta de vivir en la incertidumbre y solo falta que me vengas ahora con esta ola de misterio que ya no sé cómo interpretar. Lo cuentas o no. No hay más opciones.

—Mi marido se ha llevado todas las poesías del Poeta, que yo había apuntado para tenerlas siempre conmigo —confesó Antonia con temblor en la voz.

Josefa se paró en seco para poder pensar en lo que eso significaba. Se quedó en silencio un buen rato observando a Antonia, que se mordía el labio inferior con nerviosismo.

—Tienes que volver a hacerte con todo eso antes de que tu marido lo utilice en contra del Poeta —le ordenó Josefa—. Búscalas, aunque sea debajo de las piedras, y cuando las encuentres, quémalas sin perder un segundo. Otros desparecieron por menos imputación.

—No sé cómo hacerlo —respondió Antonia con lágrimas en los ojos.

—Tienes que descubrir la manera; es tu responsabilidad —dijo Josefa—, la vida del Poeta está en tus manos y lo peor de todo es que también está en las de tu marido.

—Pero...

Josefa apuró el paso y no quiso seguir escuchando porque, por una vez en la vida, Antonia tenía que enfrentarse sola a lo que había originado. Y también, por primera vez en su vida, la mujer del panadero permaneció en silencio, sin pedirle ayuda a sus padres. Había llegado el momento de aprender a pensar por sí misma e intentar evitar el desastre.

No sabía por dónde empezar, pero había descartado la idea de preguntarle a su marido por los pliegos llenos de poesías; eso sería darle importancia a las hojas y, como consecuencia, demostrar miedo, algo contraproducente para su propósito.

La mujer del panadero llevaba bastante tiempo viendo como su consorte ejercía el espionaje. Había reconocido en él la paciencia y la constancia al acecho de sus víctimas. Había observado de cerca la perseverancia con la intención de lograr sus metas. Había visto la habilidad de camuflarse sin llamar la atención para luego aparecer en el momento clave igual que un pájaro de mal agüero.

«Haré eso —pensó Antonia—, solo tendré que repetir paso a paso lo que este tipo que me tocó por marido ha hecho cada día y así no fallaré».

Después de registrar todos los rincones de su casa, Antonia seguía con las manos vacías. La búsqueda continuó en las cuadras de los animales, en la huerta, en la era, en el hórreo, en el lagar y en el *faiado*. Cuando estaba segura de que no se le había pasado desapercibido ningún lugar de la casa de labranza, tuvo que pensar en el siguiente paso que era adentrarse en la panadería sin levantar sospechas. La tarea no iba a ser fácil, ya que su marido estaba la mayor parte del tiempo en el lugar de trabajo junto con sus padres. Siempre llevaba la llave encima y a veces tenía ayudantes. Por lo tanto, Antonia no tenía ni un mínimo de libertad para poder seguir con su plan.

—Te noto más delgado —dijo la esposa del panadero—, trabajas demasiado y no te alimentas bien. Ya va siendo hora de que me ocupe de ti. A partir de mañana os cocinaré aquí y os llevaré la comida a la panadería. Ya no tiene que hacerlo tu madre. Pasas muchas horas trabajando sin descanso y necesitas estar fuerte. También creo que es necesario que os ayude con la limpieza de los hornos, pues no podéis encargaros de todo solos.

—Eso está muy bien —se rio el panadero, mirándola de arriba abajo con expresión burlona—. Va siendo hora de que lleguemos a algún acuerdo tú y yo.

Antonia tragó saliva por la impresión que le había causado el comentario de su marido, pero no se dejó amedrentar. Se armó de valor y le devolvió la sonrisa guardando en su interior el asco que se daba a sí misma.

Llegaban noticias de la desaparición de vecinos y se decía que iban a parar a campos de concentración que Franco había distribuido por Galicia. Toda persona, sospechosa de pertenecer a la República corría el peligro de ser enviada a esos lugares.

La farmacia estaba cerrada porque se rumoreaba que se habían llevado al farmacéutico para ser interrogado. El hombre de ciencia, además de ser boticario, era un gran dibujante y lo acusaban de haber hecho esbozos que iban en contra del régimen. En realidad, nadie sabía que tipo de imágenes había delineado. Sin embargo, algunas personas habían sido testigos de cómo lo habían trasladado al campo de concentración, conocido bajo el nombre de Camposantos. De allí no saldría jamás porque tuvo que recurrir al suicidio para quitarles a sus torturadores la satisfacción que experimentaban sometiéndolo a atrocidades descomunales. Sus dedos finos de artista quedaron hechos añicos al haberle roto con tenazas cada una de las articulaciones que los formaban. La hinchazón fue en aumento hasta el punto de convertirse en algo parecido a diez maleables longanizas rojas del color de la putrefacción. El dueño de la botica sabía que seguirían destruyendo su cuerpo porque había visto el placer casi orgásmico que sentían al hacerlo.

Una mañana lo sacaron de cama a golpes y en un cuartucho con olor a piel humana quemada le introdujeron clavos entre las uñas para que el dolor fuera totalmente inhumano. La suerte del académico fue que entre los carceleros se encontraba un infiltrado al que le pidió ayuda para pasar a mejor vida. Este se la facilitó llevándole de la farmacia el arsénico que con sus propias manos y sin dudar un segundo, le suministró. Lamentablemente, se descubrió ese acto de compasión y por consiguiente la existencia de un traidor en el cuerpo de la Guardia Civil. Sin embargo, el infiltrado consiguió salvar su pellejo gracias a una huida improvisada de la que salió victorioso.

Ese tipo de noticias se escuchaban a diario. Los habitantes de las aldeas que formaban la comarca llevaban el terror y la desconfianza a cuestas, no podían aparcarlos en ningún lado, pues el riesgo de que el enemigo los estuviera aguardando en cada esquina era muy alto.

Antonia sabía quién era su adversario y para poder vencerlo tendría que ser más audaz que él. Si no conseguía quitarle a su marido las poesías del Poeta, sobre amor, sentimientos y libertad para amar, podría contar con que su amor platónico desaparecería, lo acribillarían a balazos en cualquier cuneta. Ese destino sería bastante afortunado, comparándolo con lo que le esperaría si tuviera que morirse en Camposantos.

—Creo que será mejor que almuerce contigo en la panadería —informó Antonia a su marido—. Mis padres se tienen el uno al otro y no es necesario que los acompañe siempre.

—Me parece bien —contestó el panadero, alzando la voz—. A ver si empiezas a hacer las cosas como Dios manda y te dejas de tantas gaitas que ya me tienen hasta los mismísimos cojones.

—En eso tengo que darte la razón —reconoció Antonia—, me estaba olvidando de que tengo un marido al que atender. Si no lo hago yo, puede que lo haga otra y eso no me lo perdonaría jamás.

—Claro, claro —dijo el panadero con rabia—. A ver dónde ibas a encontrar tú a un esclavo como yo que se deja la piel en los hornos para que puedas vivir como una reina en los tiempos que corren. Eres la única en kilómetros a la redonda que lleva una vida de tanta abundancia y también eres la más desagradecida. El negocio de tu padre ya dejó de ser lo que era y el mío se está convirtiendo en una mina de oro.

—No me lo tengas tanto en cuenta —exclamó ella—, las cosas van a cambiar para mejor y estarás siempre orgulloso de mí.

Luego Antonia tuvo que salir a la era a respirar aire puro, pues notaba que se estaba quedando sin aliento con cada palabra que decía. Tenía que seguir entrenando su zalamería y confiar en que el Señor le diera el aguante suficiente para poder seguir con esa farsa hasta alcanzar su objetivo.

Parecía estar afanada en la limpieza de los hornos, sin embargo, sus ojos se movían en todas las direcciones. Intentaba descubrir alguna pista que la llevara al lugar, donde se encontraran las palabras escritas del Poeta.

Todos los días, volvía a casa con la decepción y el hastío reflejados en su rostro, pues su esfuerzo parecía en vano.

Por las noches, le vendía el cuerpo al hombre con el que se había casado y que estaba desesperado por poseerlo. Luego intentaba ahogar con el aguardiente de orujo la repugnancia que le producía la aberrante sexualidad con su marido.

Estaba derrotada, pero tenía que seguir hasta ganarse la confianza del traidor.

El panadero notaba la repulsión de su mujer en la cama de matrimonio y se enfurecía hasta el límite. A raíz de eso, se le estaba generando un gran sentimiento de odio que empezaba a afectarle en su trabajo. Se pasaba los días manteniendo monólogos consigo mismo para liberarse de la rabia que lo poseía. Únicamente la violencia que empleaba contra el cuerpo de Juanito le devolvía algo de calma.

Antonia empezó a perfeccionarse en la técnica de vigilar todos los pasos de su marido y no solo en el trabajo, sino también en los lugares a los que iba. Aún no había encontrado lo que buscaba, pero todo lo que se presentaba ante sus ojos podía ser de ayuda para salvar a Francisco, el Poeta.

Un día largo de verano, el panadero metió en el carro de vacas unas piezas grandes de bizcochos muy adornados que para nada eran típicos de guerras y hambrunas, sino que se consumían en grandes celebraciones. Antonia lo siguió de cerca, sin ser vista, caminando despacio, ágil y sigilosa.

El camino se hacía largo porque el panadero se paraba a hablar con unos y con otros, mientras Antonia tenía que ir escondiéndose entre las *carballeiras*, para que nadie la viera. Cuando el panadero se ponía de nuevo en marcha, su mujer volvía a salir ejerciendo el papel de espía, hasta que alguien venía a entorpecer de nuevo el curso del recorrido.

El panadero se fue alejando de la aldea y los vecinos con los que se cruzaba se fueron quedando atrás y siguió tirando del carro hacia la entrada del monte. De lejos se divisaba la silueta de alguien que se movía de un lugar a otro como si estuviera buscando algo. A medida que el panadero se fue acercando, la silueta se materializó en un joven. Se trataba de Juanito que, saco en mano, juntaba piñas para llevar a su casa.

Cuando Antonia reconoció al chiquillo, no le dio importancia. Todos conocían al niño con retraso. Le hablaban, le reían las gracias, jugaban con él y ahí se quedaba el asunto; no había más trascendencia.

El panadero se acercó a Juanito con mucha confianza, pero tampoco era eso extraño porque todos lo hacían. Juanito se quedó en silencio, mirándolo con inseguridad. El panadero le susurró algo al oído y Juanito no reaccionó. Luego se subió al carro y le enseñó algo a la niño que Antonia no pudo distinguir de que se trataba. Juanito negó con la cabeza y el panadero, ante la resistencia del joven, lo subió al carro de un tirón del brazo. Ya dentro del vehículo de dos ruedas, el panadero le dio algo a Juanito que este se puso a comer. Así estuvo unos segundos, hasta que el panadero se le acercó de nuevo despojándolo de toda su ropa.

Antonia se encontraba en una pequeña colina, rodeada de pinos y desde allí podía observar la desnudez del *rapaz* de piel blanca y cuerpo diminuto y frágil. El pelo color naranja abundante y rizado semejaba a un campo cubierto de azafrán alimentado por la luz del sol.

El panadero lo tumbó en el suelo del carro después de haber estirado unas mantas. Luego tocó todo su cuerpo al mismo tiempo que lo mordía sin compasión. Mientras Juanito gritaba, él le tapaba la boca con sus manos gordas y cortas, hechas para arruinar la inocencia. Luego entró en él y el vaivén del cuerpo del hombre parecía que iba a romper a Juanito. Tardó un rato en terminar, descargando la ira contenida que siempre llevaba dentro. El *rapaz* lloraba, él lo mecía en sus brazos y lo consolaba dándole trozos de bizcocho que masticaba entre sollozos. Cuando parecía que todo había terminado, el panadero puso a Juanito boca abajo, le ató los brazos y las piernas al carro para mantenerlo inmóvil, y penetró en su cuerpo por detrás con fiereza, mientras le apretaba la boca con el trapo sucio para amortiguar su llanto.

Al terminar, volvió a balancearlo en sus brazos, premiándolo con delicias panaderas de crema hechas en exclusiva para él.

Cuando Juanito se hubo calmado, él lo limpió, lo vistió, lo peinó y lo llevó a la casa de sus padres. Como muestra de agradecimiento por preocuparse por su hijo, lo obsequiaron con dos botellas de vino cosecha de la casa.

Antonia no pudo seguir con su vigilancia porque comenzó a sentir unos fuertes pinchazos en el estómago y tuvo que quedarse un buen rato inmóvil en el pinar.

Después de vomitar hasta perder toda la bilis acumulada en el hígado se levantó y se fue tambaleante a su casa, donde sus padres la estaban esperando para cenar.

No pudo probar bocado porque su estómago se oponía a cualquier tipo de alimento, ya que se había cerrado por completo y como su cabeza estaba a punto de reventar, salió con una excusa y se fue a casa de su amiga. Tenía que hablar con alguien.

—¡Josefa! —gritó Antonia—. Tengo que hablar contigo. ¡Ábreme, por favor!

—Ya te dije que arregles tú sola lo que tengas que arreglar —contestó Josefa desde el otro lado de la puerta.

—Ya lo sé y te entiendo —explicó la mujer del panadero—, pero si no fuera algo de mucha importancia no vendría a molestarte a estas horas de la noche. Por favor, déjame entrar un rato, es muy importante.

Josefa abrió la puerta con mucho cuidado. Intentó hacer el mínimo ruido posible y llevó a su vecina a la *lareira* vacía, que esperaba pacientemente la llegada de épocas más afortunadas. Antonia se sentó por costumbre en el lugar que había ocupado siempre. Luego le contó a Josefa la escena de un acto degenerado protagonizado por su marido con un discapacitado mental.

Josefa sintió que el frío helaba su cuerpo, a pesar de encontrarse en la estancia más caliente de la casa. Cogió el único abrigo que tenía y que había sido remendado por su suegra más de diez veces y se lo puso encima de los hombros. Al pensar en su hijo, tuvo un gran sentimiento de impotencia. Luego le vino a la mente el pobre de Juanito, al que todos conocían. Era un mocito que solo inspiraba ternura y que a todo ser humano que lo veía, le despertaba el instinto de protegerlo. Josefa quiso levantarse y salir corriendo para avisar al padre del *rapaz*, pero Antonia se lo impidió porque nadie sabía cómo podría reaccionar el progenitor ante tal desgracia. Tampoco nadie sabía qué haría la Guardia civil en un caso de ese tipo. Se quedaron allí las dos, golpeadas por el destino que la vida les había deparado y compartiendo un hecho, protagonizado por la depravación de un ser.

Al volver a casa, la mujer del panadero compartió la cama de matrimonio con su marido y, para poder afrontar la cercanía de su consorte, bebió directamente de la botella la ardiente fluidez del aguardiente de orujo.

Capítulo 9

La orensana tenía razón, pues Hipólito acabó cediendo a los deseos de su Alfonsina y los trámites para la adopción de los niños concluyeron en un abrir y cerrar de ojos. Teniendo en cuenta la posición social a la que pertenecía la pareja, todo se solucionó muy rápido y sin ningún inconveniente. Ni siquiera se tuvo en cuenta la ley que requería de un enlace matrimonial para acceder a la adopción porque la opulencia y el poder abrían caminos insospechados.

Hipólito se había convertido en un hombre de negocios muy influyente y con un gran reconocimiento en la alta sociedad caraqueña. Se pasaba la mayor parte del tiempo fuera de casa que, poco a poco, iba dejando de ser su hogar. Amasaba bolívares como si se trataran de granos de arena acumulados en las playas del país situado al sureste de la Guajira. Disfrutaba de un gran éxito profesional, pero la soledad se estaba confabulando con él.

La vida de Hipólito iba dando giros y cambiando de acuerdo a los acontecimientos que tenía que vivir. Se estaba alejando de Alfonsina sin ser consciente de ello. Estaba creando por segunda vez su propio aislamiento que era semejante al que había experimentado al pisar el suelo caribeño. Sin embargo, la diferencia consistía en que su nuevo letargo no se concentraba en su cuerpo, sino en su espíritu. Por lo tanto, solo era visible para los que tenían que vivir con él.

A veces, se sentaba con su familia en el pórtico de su casa colonial, que Alfonsina se había esmerado en convertir en un lugar personal, destacando por su simpleza. El aire en verano llevaba consigo una fragancia de mezclas de frutas exóticas. El aroma provenía de los árboles que Alfonsina había plantado en la extensión de terreno que rodeaba la casa. A pesar de encontrarse en el lugar más idílico, Hipólito no podía apreciar nada de lo que lo rodeaba, por el simple hecho de que prácticamente ya no estaba. Hipólito reflejaba la ausencia que Alfonsina todos los días leía en su fisonomía.

Cada vez se repetían más los momentos en los que Hipólito veía en sus hijos adoptivos otras caras. Los rostros que su cerebro registraba no coincidían para nada con los de los niños con los que compartía su vida. Era algo absurdo, pero real y ya no podía seguir ignorando las imágenes que se reiteraban de una manera tan frecuente.

En una subida de coraje, habló con Alfonsina sobre su preocupación y ella le ofreció lo que mejor sabía hacer y lo que estaba deseando hacía tiempo. Lo obsequió con sus habilidades adivinatorias sobre el futuro sin descartar el pasado. Él sólo tenía que aceptarlo.

Así fue como los dos se sentaron en la Taberna Gallega, donde Hipólito tuvo que esperar una mañana entera, hasta que le tocó su turno. Tenía que seguir el ritual a rajatabla, para que los resultados fueran efectivos. No había lugar para excepciones en la práctica de la magia.

Todos los que ese día asistieron a la Taberna Gallega observaron la escena con la máxima atención. Era la primera vez que la pitonisa más famosa del país aplicaba sus artes adivinatorias para descubrir lo que le tenía deparado el destino a su compañero de vida. Tampoco nadie de los presentes se podía imaginar que, para ella, la predicción de lo venidero era igual de importante que descubrir el pasado de su amado.

Alfonsina no obtuvo respuesta tras examinar la mano de su amado. Recurrió a las cartas de Marsella, que ella misma había diseñado para aumentar su eficacia, y el silencio que obtuvo fue desolador. No dándose por vencida, intentó conseguirlo a través de las energías que transmitían diferentes minerales y el esfuerzo siguió siendo inútil; no conseguía ver ninguna imagen. Su clarividencia le había fallado.

Estaba perpleja y abatida, pero no se dejó vencer por su desaliento y siguió ofreciendo sus servicios de pitonisa hasta ocuparse del último cliente que formaba la cola.

Al día siguiente, a Alfonsina le vino a la memoria el primo de Hipólito. El pobre Aniceto había tenido la desgracia de no sobrevivir al terremoto y también había sido el único al que la ella no había podido leerle la buenaventura. Fue la primera vez que su instinto adivinatorio la dejó en la estacada; con Hipólito, fue la segunda.

Alfonsina no quería concentrarse un minuto más en un pensamiento tan oscuro y, por esa razón, aparcó su preocupación en el primer lugar que encontró. Luego siguió disfrutando de cada día del calendario lunar como tenía por costumbre.

El fin de semana se fue con los niños a la casa amarilla de Testigo Grande. La casa tenía un balcón inmenso en el que sus hijos podían correr de un extremo a otro con casi la misma libertad de la que disfrutaban en la arena.

Alfonsina había aligerado el peso del trabajo de la empresa de mármol que había creado. Hipólito, además de ser su compañero de vida, se había convertido en su socio y ella había delegado en él toda su responsabilidad.

Alfonsina había asumido su papel de madre a la perfección y era lo único a lo que se dedicaba. Cada vez que podía, se iba con sus hijos a la isla para vivir horas intensas en familia que quedarían grabadas para siempre en sus memorias. Corrían por la playa y por los senderos, se metían en el agua en la oscuridad de la noche para descubrir sensaciones bajo la tenue luz de la luna, hablaban con los pocos pescadores que vivían en la isla y los ayudaban en las faenas del mar. Al final del día, se retiraban y, ya dentro de la casa amarilla disfrutaban, procesando sus vivencias.

Hipólito se quedaba en Caracas porque la carga de la familia y la alegría de estar juntos le molestaba hasta extremos insospechados. La constelación familiar formada por Alfonsina, Fernanda, Carlitos y él lo abrumaba. Prefería quedarse acompañado de su soledad en la que estaba empezando a regocijarse, porque se había dado cuenta de que le producía menos sufrimiento.

A veces se adentraba en la ciudad para hundirse una vez más en los placeres nocturnos que ya conocía de antes. De esa manera, intentaba olvidarse de quien era. Luego aparecía en hoteles con mujeres desconocidas a su lado que le ayudaban a caer más en el vacío.

A pesar de su entrega a la decadencia por los suburbios de la corrupción, seguía cumpliendo con sus responsabilidades de hombre burgués de gran patrimonio. En ningún momento había perdido el respeto entre los Grandes. Aun así, casi toda la capital estaba al tanto de las correrías de Hipólito porque el privilegio de la discreción tenía sus límites, incluso con personas de su rango.

Hipólito había adquirido otro tono de piel. Las largas horas encerrado en su lugar de trabajo, las noches de insomnio nadando en alcohol, cigarrillos y otros asuntos prohibidos habían hecho mella en su apariencia. Ahora destacaba por una blancura que recordaba a los cadáveres amortajados.

Una mañana cualquiera en la que el gallego se encontraba en el edificio de su empresa, le llegó el aviso de que una mujer, con un acento igual al suyo preguntaba por él. En un principio no acertó a saber quién pudiera ser y tampoco tuvo tiempo de intentar imaginárselo porque la orensana le salió al encuentro sin más preámbulos. Aquel día la mujer se había puesto su atuendo de los domingos para ir al centro de la capital. También llevaba consigo el temple y la garra de la sociedad matriarcal en la que había crecido. Por lo tanto, iba a ser fiel a lo que había aprendido en su crianza.

—Tengo que hablar contigo —dijo la orensana sin haber saludado antes.

—Por supuesto, tía —contestó Hipólito sorprendido—. Para ti siempre tengo tiempo.

—Déjate de pamplinas y vamos a sentarnos en algún lugar —le replicó la orensana con cierto mal talante.

Hipólito no dijo nada y la llevó a una oficina que estaba pensada para las reuniones con sus empleados. Allí se acomodaron los dos frente a frente en unas sillas hechas para el lujo que a la orensana le parecían muy incómodas. Hipólito le ofreció algo de comer y de beber, pero su paisana no aceptó nada.

—Supongo que ya sabrás cuál es la razón de mi visita —quiso saber la orensana.

—Sinceramente, no caigo —contestó Hipólito—, pero sea cual sea el motivo, aquí siempre eres bienvenida.

—Me da igual tu recibimiento —dijo la orensana con enfado— y me importa una mierda todo ese refinamiento fingido que has aprendido en ese mundo podrido en el que te mueves. Tú y yo hablamos la misma lengua, Hipólito y, si me descuido, ni siquiera necesitamos decir una palabra para entendernos. Así que ahórrate toda esa diplomacia barata, que conmigo no la necesitas.

—Está bien, te escucho —exclamó él, sintiendo una presión en el pecho que lo estaba dejando sin fuerzas.

—Quiero saber qué es lo que pasa por tu cabeza, para que tengas que destruir en dos patadas todo lo que has construido con Alfonsina —le informó la orensana—. La gente de tu posición no tiene vida privada, paisano. Las noticias que van de boca en boca son más rápidas que el correo.

—Tía, no puedo explicarte algo que ni yo mismo entiendo —aclaró Hipólito—, llevo la aflicción conmigo igual que si se tratara de mi segunda piel. Vivo preso de un desasosiego descomunal y a veces, ni siquiera puedo distinguir la realidad de la fantasía.

—Conmigo no te hagas la víctima —le replicó la orensana—. Aquí no se cambian los papeles. Si te interesa hablar de mártires, la única digna de ese nombramiento sería Alfonsina. Sin embargo, todos sabemos que nunca va a dar pena, pues tiene la cabeza demasiado bien puesta como para llegar a eso. Estás pisoteando la honra de toda la familia con ese comportamiento denigrante. Si Alfonsina se llega a enterar, lo vas a lamentar toda tu vida.

—¡Josefa, baja a la realidad! —dijo Hipólito como despertando de un sueño—. No necesito a otra en mi vida...

—¡Qué barbaridades dices! —lo interrumpió alterada la orensana—¿Quién es esa Josefa? ¿Una de tus amantes? En la vida pensé que ibas a cambiar tanto, Hipólito. ¿O será que nunca he llegado a conocerte de verdad?

—No puedo seguir hablando, tía —dijo él casi ahogándose—. Tengo que salir a tomar el aire.

La orensana le abrió paso para que pudiera salir de la estancia, donde se encontraban y se lo quedó mirando muy asombrada al mismo tiempo que se santiguaba. Estuvo un buen rato sentada en la silla que le producía dolor muscular, pues no estaba acostumbrada a materiales tan mullidos. El objeto no había sido fabricado para ella, sino para las posaderas de personas con opulencia.

Hipólito salió de su trabajo a una velocidad increíble. Parecía perseguido por el mismísimo diablo y solo se detuvo cuando los pulmones ya no le respondían más. Después de haber estado deambulando por las calles de la capital, subió a su vehículo y, por instinto, condujo su coche hacia el puerto.

Era un día de lluvia y el agua que caía transportaba su sexto sentido a un lugar que no recordaba. El vínculo formado con una tierra lejana era firme, no obstante él no tenía consciencia de ello. Normalmente el pensamiento y el raciocinio dominaban sus acciones. Sin embargo, en esos momentos de su vida lo asaltaban emociones que se le manifestaban con una extrema fuerza, a las que se veía incapaz de enfrentarse.

Al llegar al puerto de la Guaira, se bajó del coche, se fue al muelle y se puso a pasear por allí con lentitud, como si estuviera buscando algo que necesitara encontrar con urgencia. Estaba mojado por completo, pero le agradaba sentir la frescura del agua en su piel; era una sensación que le resultaba muy familiar y no sabía por qué. Miraba de frente y seguía, seguía... Escuchaba los graznidos de las gaviotas. Saboreaba el agua que se le deslizaba por las comisuras de sus labios. Se intensificaba en su olfato el olor del pescado y ya no había retorno, tenía que continuar su recorrido. De pronto, sus ojos divisaron a una mujer al lado de dos niños.

—¡Josefa! ¡Hijos míos! —gritó Hipólito—, aquí estoy. Alzó los brazos para estrechar a su familia y siguió apurando el paso. En un intento de acercarse más a ellos, se quedó suspendido por un instante en el aire para luego hundirse en el vacío, vencido por la fuerza de la gravedad. Antes de ser atrapado por el agua de la Guaira, la cabeza de Hipólito fue a chocar con una roca que le destrozó el cráneo y lo dejó sin vida al momento.

Cuando lo dieron por desaparecido, la capital se puso en movimiento. Casi todos los habitantes participaron en la búsqueda del hombre que había llegado al Caribe en condiciones lamentables. El mismo que había permanecido en vías de fallecer durante un buen período de tiempo. El que, después de haberse decidido por la vida, había triunfado en el sector de la industria. Ante un caso tan singular, había pocos que se quedaran impasibles.

Alfonsina estaba afanada en encontrar una respuesta a la desaparición de su compañero y había recurrido a lo que sabía hacer, pero había fallado. Sus dotes clarividentes no le aportaban ninguna claridad con respecto al paradero de su compañero.

La orensana no pegaba ojo. La intranquilidad que padecía era tan intensa que no había manera de dejarse vencer por el cansancio, ni de noche ni de día. Estaba convencida de que ella había sido la causante del posible infortunio y la idea la atormentaba. Como no se atrevía a hablar de eso con nadie, rumiaba sin pausa sus pensamientos, que iban camino de convertirse en una tortura continua.

«¿Quién me habrá mandado a mí atacar al compañero de mi Alfonsina? —se preguntaba la orensana repetidas veces con pena—. Si llega a enterarse, acabará aborreciéndome para siempre. ¿Quién soy yo para recriminar la conducta de nadie? Tenía que haberle hablado de otra manera a ese pobre hombre que ni se defendió de una bruja como yo. ¡Ay Dios mío de mi vida, que esta pesadumbre es muy difícil de llevar! ¡Por favor, que aparezca de una vez este paisano mío! ¡Que Dios nos lo devuelva sano y salvo!».

Alfonsina intentaba levantarle el ánimo a su tía porque la veía muy hundida. Era como si la orensana tuviera la convicción de que el asunto acabaría desembocando en una gran desgracia.

Alfonsina no entendía el pensamiento fatalista, enfocado en los desenlaces nefastos, pero sabía que su tía tenía esa tendencia y por eso quería ampararla.

Le sugirió a la orensana que se pusieran a rezar delante de la imagen de la Virgen de los Milagros que tenían colgada en la Taberna Gallega. Con esa idea, intentaba distraer a su tía de su derrotismo y fomentar una actitud de esperanza para poder soportar mejor la incertidumbre.

La orensana hizo un esfuerzo sobrehumano para cumplirle el deseo de su sobrina del alma porque no la quería decepcionar. Así fue cómo se levantó de su cama, se vistió y arrastró su cuerpo, cargado de culpa, hasta la estatuilla de la Virgen. Delante de la Milagrosa brotaron de sus ojos todos los pesares de su alma, dándole un aspecto de criatura sacrificada por los reveses del destino.

Alfonsina notó tanta pena en el semblante de su tía que el miedo a la posible pérdida de Hipólito pasó a un segundo lugar. La preocupación que Alfonsina empezó a sentir por la orensana fue en aumento y por ello permaneció a su lado todos los días y las interminables noches. Solo se separaba de ella para hacer sus necesidades.

Era una mañana soleada de verano y los niños de Alfonsina estaban en la puerta de la Taberna Gallega. Fernanda hablaba con una amiga de su misma edad. Carlitos formaba una hilera de coches de juguete en la acera que interrumpió al ver a unos guardias. Le entró miedo y se fue corriendo hacia donde estaba su hermana y esta lo cogió de la mano. Uno de los agentes les preguntó por su madre y Fernanda los acompañó al interior de la taberna.

—Buenos días, pertenecemos al equipo que se encarga de la búsqueda de su cónyuge —dijo uno de los guardias—, y venimos a informarle de que su automóvil estaba aparcado cerca del puerto. También queríamos que viera un objeto que encontramos en una roca del muelle. ¿Puede ser propiedad de Hipólito Carballal Espasandín?

Alfonsina sujetó el reloj de bolsillo de plata que le enseñó el policía. Al abrir la tapa y observar el cristal roto, reparó también en la foto pegada en el interior de la tapadera de la pieza. Allí estaban ella y su querido Hipólito, abrazados y riéndose, como si todo lo que sucediera a su alrededor, fuera ajeno a ellos. Sintió temblar su cuerpo de arriba abajo, negándose a aceptar lo que estaba viendo. Primero tuvo que sentarse en una silla que le acercó uno de los gendarmes. Luego respondió que se trataba de un regalo que ella le había hecho a Hipólito y que él siempre llevaba encima.

Alfonsina siguió observando la pieza de relojería que había llevado su amado pegado a su cuerpo durante tantos días de su vida. Los niños se quedaron a su lado para aplacar cualquier dolor que pudiera nublar la serenidad de su adorada madre y los guardias se despidieron para seguir con la búsqueda por el mar.

La orensana, que estaba delante de la Milagrosa, no se enteró de la llegada de los agentes en ese momento ni tampoco llegaría a saberlo más tarde. Decidieron no contarle nada sobre el objeto encontrado, pues temían que una noticia de tal envergadura pudiera acabar con su corazón o con su cordura.

Alfonsina estuvo varias horas sumida en sus pensamientos, ahogando las lágrimas para que nadie se alarmara. Luego decidió que tenía que ponerse manos a la obra. No podía seguir cruzada de brazos, esperando a que los agentes le llegaran con las noticias a cuentagotas o quizás de una tirada y sin contemplaciones.

Alfonsina se sentó en el lugar que utilizaba para sus artes adivinatorias de atención al público. Cogió el reloj de bolsillo y lo acarició con todos sus dedos, como si se tratara de la persona que echaba de menos. Alzó el objeto por un extremo de la cadena y lo dejó colgado en forma de péndulo, observando sus movimientos. De esa manera, intentó que el procedimiento pendular le diera una respuesta a su pregunta. Se armó de valor para poder articular la cuestión que la estaba torturando y después de haberlo conseguido esperó un vaivén, una oscilación. De acuerdo con las características del movimiento, podría tratarse de una contestación positiva o negativa a su pregunta.

La información que Alfonsina obtuvo del reloj colgante fue la peor. Después de intentar sobreponerse a esa prueba improvisada, dejó a los niños con su tía, mientras el orensano atendía el negocio. Luego se fue al puerto en un taxi. Salió del coche y se puso a hacer el mismo recorrido que se suponía había hecho Hipólito antes de desaparecer. Caminó a paso lento hasta el final del muelle para volver a su punto de partida. Iba y volvía, esperando recibir una señal, pero no veía ni sentía nada. Observó la roca en la que había sido encontrado el reloj e intentó usarla como vía para poder ponerse en contacto con Hipólito, pero sus esfuerzos no valieron de nada. El pedrusco estaba muy lejos, por lo que tenía que bajar a acercarse.

Fue al comienzo del muelle para volver a realizar el mismo trayecto y esa vez decidió que iría por el área rocosa que estaba paralela al embarcadero. Saltó de una piedra a otra con la esperanza de sentir algo especial al rozar con la que podría darle una señal sobre el paradero de Hipólito. Repitió esa técnica durante horas, pero no recibió ningún mensaje. Nadie se acordaba de ella. ¿De qué le valía toda esa independencia que siempre había defendido? ¿Qué sentido tendría vivir en la oscuridad de la incertidumbre? ¿Cómo aceptar y dejar de buscar? Se sentó en un pedrusco cualquiera y, sin más miramientos, dejó escapar un grito desgarrador del interior de su pecho. Seguidamente, se hundió en un mar de lágrimas y sollozos. Estaba sola.

Cuando su llanto amainó, igual que si se tratara de una tormenta, notó cierta calma en su interior y logró relajarse por un segundo a través de las lágrimas de la desesperación.

Levantó la vista hacia el horizonte y ante sus ojos surgió una imagen que no podía precisar. Siguió sentada, esforzándose en descubrir que era lo que estaba visualizando. Al instante, divisó una aparición borrosa en el aire que poco a poco fue cogiendo forma hasta poder verla con claridad. La visión representaba el cuerpo inerte de Hipólito. Se encontraba sumergido en las profundidades del Mar Caribe y preparado para salir flotando a la superficie en dirección al océano y hacia rumbos desconocidos.

Capítulo 10

La suegra de Josefa había llegado a casa con un arsenal de víveres. Se había convertido en una especialista del trueque. A cambio de la ropa que cosía, recibía productos comestibles de las pocas tiendas que estaban esparcidas por la comarca. Recorría kilómetros, pisando el suelo con sus alpargatas artesanales, fabricadas en casa. También había juntado metros de tela, que ella misma cortaba y cosía en casa, a cambio del aguardiente de orujo. Era una experta en confeccionar prendas de vestir que todo aldeano necesitaba con urgencia en esas tierras de tanta precariedad.

Los cuentos interminables que la madre de Hipólito inventaba en momentos cruciales lograban evadir de la cruda realidad a los suyos y a los que los rodeaban. Eran un bálsamo para el espíritu lastimado de todo aquel que lo escuchaba.

La Guerra Civil había terminado, pero la escasez y las persecuciones políticas seguían estando presentes. El miedo no había desaparecido con el término de la contienda y tendrían que pasar muchos años hasta que los habitantes del país pudieran volver a respirar libremente sin verse obligados a contener el aliento.

Con el nuevo gobierno se había extremado el control y en cualquier momento podían aparecer los funcionarios uniformados que realizaban sus interrogatorios en cualquier esquina.

—Buenas tardes, compatriotas —dijo uno de los dos guardias que hacía su acostumbrada vigilancia, disfrazada de paseo.

—Buenas tardes —contestó el Poeta, que estaba reparando las redes con su mujer para la temporada de pesca.

—¿Eres tú el Poeta? —quiso saber uno de los agentes.

—Señor, es solo un apodo que me pusieron —informó Francisco—, es difícil adquirir tal nombramiento sin haber aprendido a escribir.

—No necesitas escribir, pues otros lo hacen por ti —le dio a conocer el guardia—, y las palabras pueden ser tan afiladas como cuchillos de buen corte. A veces es necesario despedazarlas, para que dejen de sembrar revueltas en la población. Ten cuidado con lo que dejas salir de tu boca porque se puede volver en contra de ti.

—Señor, mis palabras son inofensivas —respondió humildemente el lírico—, en ningún momento he faltado a nadie...

—¡Silencio, sinvergüenza! —le interrumpió el funcionario—. A mí no me lleves la contraria porque te rompo la cara en cuestión de segundos. Cuando yo hablo, tú te callas y solo puedes contestar si te concedo ese permiso. ¿Nos entendemos o no?

—Sí, señor —dijo Francisco, el Poeta.

A Amelia le temblaban las piernas y no era capaz de mantenerlas quietas, debido a que la devoraba el miedo.

Las escenas de humillación hacia su marido se repetían con el objetivo de demostrarle al pueblo llano quienes tenían allí el mando. El poder había quedado en manos de personajes que parecían sacados de leyendas siniestras. El ideal de sociedad defendida por la política franquista estaba constituida por piezas manipuladas por dementes que eran los que se habían apropiado de la nación.

Pocos se atrevían a manifestar su disconformidad con la situación en la que tenían que sobrevivir porque eso significaba acabar en manos del verdugo. El que mantenía la boca cerrada tenía su vida más o menos garantizada. Para los que defendían la libertad de expresión, sin tener en cuenta las consecuencias, no había escapatoria posible. Esos desdichados desaparecían para no volver a ser vistos jamás.

Josefa combinaba la realidad con la fantasía para no sucumbir al abatimiento. Durante el día cumplía con su papel de madre y trabajadora nata, inmersa en sacar a su familia adelante con la espalda reclinada en las faenas del campo y en su puesto de la conservera. Por la noche cerraba la puerta con llave y en su casa ya no entraba nadie. Se habían quedado muy atrás los encuentros alrededor de su *lareira*. En la intimidad de su alcoba daba rienda suelta a su imaginación, tejiendo y destejiendo de lo que quedaba de la barba de Hipólito, del que no había vuelto a saber nada. Para Josefa eran inolvidables esos momentos en los que acariciaba los brillantes sedales oscuros que habían formado la perilla de su consorte. La acción de tejer le devolvía un mar de sensaciones agradables que solo había experimentado al lado de su marido. A veces las emociones eran tan intensas que le producían dolor. A pesar de todo, valía la pena sentirlas. Únicamente a ella le pertenecían y solo ella las podía revivir en la soledad de su cuarto. Sin embargo, su instinto también le decía que nunca más volvería a ver al padre de sus hijos. Estaba completamente segura de eso y ese convencimiento hacía que lo idealizara hasta el punto de considerarlo supremo, incomparable y carente de defectos; que así es como se suele calificar a los que han pasado a mejor vida y cuyos cuerpos yacen en las profundidades de la tierra o del mar.

Decidió que tenía que centrarse en su realidad, en su familia y en sus vecinos, que era lo único que le quedaba.

Uno de aquellos días, se encontró con su amiga que apuraba el paso por un camino de piedras.

—Antonia, ¿adónde vas con tanta prisa? —quiso saber Josefa al verla.

—A vigilar a mi marido —le informó la mujer del panadero—. A lo mejor algún día consigo encontrar las poesías del Poeta. No me lo perdonaría nunca, si le pasara algo y yo hubiera sido la causante de su desgracia. Solo de pensarlo se me parte el alma.

—Deja ahora eso —le sugirió Josefa—, ya no tiene importancia. Tu marido ha enseñado esos papeles a los mandamás. Todo se sabe, pocas cosas se pueden esconder en estos lugares pequeños que al final son infiernos grandes.

—¿Qué locuras dices? —dijo Antonia asombrada—. Si esos papeles estuvieran en la Guardia Civil, estaría él bajo tierra.

—Ahora, gracias a Dios, emplean otra técnica. Los ataques contra Francisco, el Poeta, se hacen públicamente para que todos veamos que no tenemos el derecho de defendernos. Nos quieren enseñar que nuestra obligación es seguir en la manada, sin desperdigarnos. Nos aconsejan que no destaquemos en nada, por lo que pueda pasar. Necesitan al Poeta, para educarnos a todos porque, si lo eliminan, puede caer la razón de su muerte en el olvido.

—No hables así, Josefa, que te puede escuchar alguien —susurró Antonia con voz temblorosa—. Eres demasiado atrevida y debes tener más cuidado.

—Sí, tienes razón —aceptó Josefa—. El caso es que a veces ya empiezo a preguntarme si vale la pena seguir con vida en estas condiciones en las que quedamos después de tres años de guerra.

—Hay que tener esperanza y quizás las cosas cambien —dijo Antonia en voz muy baja, mirando hacia los lados, como si tuviera la sospecha de que alguien pudiera estar escuchando—. Aunque mi caso es más difícil, porque llevo una cruz muy pesada a cuestas y no sé cómo aligerarme de ella.

Josefa se quedó en silencio y después de unos segundos se despidió de su amiga, ya que no se podía entretener.

Antonia cambió de rumbo y, en vez de dirigirse a la panadería como había sido su intención antes de ver a Josefa, volvió a su casa. Sintió náuseas y, después de vomitar en la huerta, se fue al cuarto que compartía con su marido. Se acostó en la cama de matrimonio, percibiendo la oscuridad absoluta de la estancia. Las contraventanas habían permanecido todo el día cerradas. Parecía que no debiera entrar un rayo de luz en un lugar donde el resentimiento y el odio se hacían presentes en el aire pesado que dominaba la pieza.

La madre de Antonia la vio pasar y se la quedó mirando con cara de preocupación. Sabía leer la mente de su hija porque la había parido, pero no tenía una poción mágica para hacer desaparecer el abismo por el que se estaba deslizando.

—Nena, ¿estás durmiendo? —preguntó la madre de Antonia, abriendo la puerta del cuarto de su hija.

—No, mamá, solo estoy descansando —contestó Antonia con desgana.

—¿Qué te pasa, *filla*? —preguntó la progenitora con inquietud—, hace mucho que no hablas conmigo como hacías antes y te noto muy lejos. Soy tu madre y puedes contarme lo que sea. Nunca te voy a fallar.

—No te preocupes, no me pasa nada —respondió Antonia— Anda, déjame sola para que pueda cerrar los ojos un rato.

Lo que más le gustaba a la mujer del panadero en esos momentos de su vida era la oscuridad. La ausencia de luz le permitía abandonar su realidad para introducirse en la completa fantasía. Solo de esa manera disfrutaba de una libertad de la que nadie la podía privar, porque ningún ser viviente tendría la mínima posibilidad de ponerle límites a sus deseos.

Ese día y muchos más tuvo que tratar de evadirse de su verdad y se vio a sí misma adorando al engendro del diablo que llevaba en su vientre. Incluso se atrevía a cruzar las fronteras de lo inimaginable, creando imágenes de cuerpos desnudos que simbolizaban la unión entre ella y Francisco, el Poeta. Luego veía a su amor platónico corriendo de la mano del infante. Era un niño precioso que ella con todas sus fuerzas hubiera deseado concebir con el hombre que siempre había amado en silencio. Tras pasar un tiempo considerable sumergida en ilusiones placenteras, volvía con hastío a su estado real, acompañaba de un enorme vacío que le dejaba un sabor muy amargo en la boca. Estaba sola.

Mientras tanto en la aldea todos estaban en la iglesia porque era Domingo de Pascua. El panadero también había ido a misa como todas las semanas desde hacía algún tiempo. Al término de la ceremonia, se quedó en el atrio, charlando con todos los vecinos. En especial con la familia de Juanito, pues ya los unía una gran amistad.

Ese día por la tarde, el panadero fue en su carro de vacas a la casa del chiquillo. Llevaba consigo una buena cantidad de bollería, de roscones de Pascua, de licores, de café, de harina, de azúcar, de aceite...Todo ello era una bendición en los tiempos de posguerra. La pobreza afectaba a la gran mayoría, exceptuando a los pocos que habían sacado provecho con el infortunio de muchos.

—¡Niños, mirad quién ha venido! —gritó la madre de Juanito a sus hijos desde el gallinero.

Todos, excepto el mayor de los hermanos, se acercaron corriendo a saludar al hombre cargado de delicias. Juanito se encerró en el hórreo y no hubo manera de convencerlo para que saliera de allí. Ni las amenazas de su padre hicieron efecto en la decisión del *rapaz*.

—No pasa nada, cosas de jóvenes —manifestó el panadero con mucha comprensión—. Dejadlo tranquilo, no lo obliguéis a venir a saludar a un aburrido como yo —dijo entre risas.

—Para Juanito todos somos aburridos —opinó su madre, queriendo disculparlo—. Está casi siempre solo, porque nadie quiere su compañía y ya se ha acostumbrado a la soledad. Sus hermanos tienen amigos y es comprensible que prefieran estar con ellos. Lo bueno es que, al ser tan cariñoso, todo el mundo lo quiere y lo respeta; los vecinos conocen a mi *rapaz*, lo tratan como si perteneciera a sus propias familias y eso es de agradecer.

—Desde luego —contestó el panadero—, tenemos la suerte de vivir rodeados de buena gente. Todos nos conocemos, tenemos consideración con el prójimo y, aunque haya alguna que otra desavenencia, hacemos las paces como buenos cristianos que somos y asunto arreglado.

—¡Cuánta razón tienes! —dijo la madre de Juanito con admiración—. Se nota que tienes muchos valores humanos y eso es primordial en una persona, así que vamos a celebrarlo —añadió riéndose—. Vamos a probar todas esas maravillas que has traído y de paso tomamos unos tragos de los licores ¿O prefieres un poco de aguardiente de la casa?

—Pues sí, ponme un poco, que siempre os sale buenísimo —contestó el panadero—. Si no os molesta que pase aquí la tarde, claro está. Yo, la verdad, no tengo con quien estar los días festivos.

De todos era sabido que la relación entre el panadero y su mujer no era dichosa y no hubo ningún comentario al respecto.

—¡Cómo vas a molestarnos! —exclamó la madre de familia en tono incrédulo—. Eso ni se dice, faltaría más. Estamos encantados de tenerte con nosotros.

Todos se sentaron a la mesa, saboreando los recién llegados manjares que el racionamiento de las parroquias no les permitía ver ni de lejos. Juanito se decidió a participar en la comilona, sentado en el regazo de su padre y con la cabeza gacha. Solo pudo levantar la vista cuando el panadero salió con la intención de volver muy pronto.

Los encuentros entre el hombre del pan y el chiquillo se repetían cada vez más y en cualquier lugar. El panadero se arriesgaba hasta extremos insospechados porque la amenaza de ser visto con Juanito aumentaba su libido hasta convertirlo en un monstruo enfermo de sexo de ojos llorosos, rebosante de deseo.

A veces vigilaba la casa del joven como un zorro acechando a las gallinas y, cuando estaba seguro de que solo él estaba dentro, iba hacia la huerta que utilizaba como un pasadizo para entrar en la cocina. Allí se agarraba con fuerza a Juanito, le tapaba la boca y se lo llevaba a rastras al corral, donde lo poseía con una furia infernal.

Ya no estaba seguro en ningún sitio y los vecinos cuchicheaban sobre escenas que decían haber observado. Nadie expresaba nada abiertamente y las continuas violaciones del panadero se habían convertido en un secreto a voces.

Antonia había decidido mudarse de alcoba, argumentando su mal estado de salud y sus náuseas matutinas que no eran más que los síntomas de su preñez.

Nadie podía apreciar los cambios en el cuerpo de la mujer del panadero porque nadie la veía.

Antonia dormía sola y su madre se acercaba a ella con la preocupación reflejada en el rostro, quedándose a veces a su lado en la cama hasta la madrugada. Por la mañana, limpiaba el vómito de su hija en silencio y le traía una manzanilla que

Antonia no era capaz de beber al instante porque le quemaba los labios. Luego se iba a atender a los animales, mientras su hija se pasaba casi todo el día tumbada en su lecho de soltera.

La apatía de la mujer del panadero era tan intensa que había muchas noches en las que no se levantaba ni para cenar con sus padres, ya que el sueño que se había convertido en su fiel compañero la vencía. Vivía encadenada a una somnolencia que la mantenía alejada de su terrible realidad, actuando como tabla de salvación para no caer en picado por el precipicio que tenía ante sus pies.

Capítulo 11

La orensana estaba hecha un mar de lágrimas por el sentimiento de culpabilidad que le corroía las entrañas. No había consuelo ni tranquilidad para la mujer que había querido encarar a Hipólito con la intención de hacerlo recapacitar y así devolverle la felicidad a su querida Alfonsina.

La Guardia Nacional había dejado de buscar al desaparecido porque había llegado a la conclusión de que su cuerpo se había convertido en cebo para animales marinos de gran tamaño y fiereza. No tenía sentido seguir con una lucha inútil.

La única que sabía del paradero de Hipólito, era su compañera de vida.

Alfonsina sabía que el cuerpo de su amado se quedaría en medio del océano entre los dos mundos porque su espíritu no podía decantarse por ninguno de los dos. Optó por sobrellevar la muerte de su compañero con un duelo ininterrumpido al que dedicaría las veinticuatro horas del día. Quería centrarse solo en su pérdida para sentirla en todos los poros de su piel y solo así tendría el convencimiento de no haberlo abandonado. Se había propuesto que el proceso del luto sería de un año de duración. A partir de ese momento entraría en otra etapa de su vida en la que no podría haber quedado ningún hueco de pena con el riesgo de que esta volviera a surgir. La decisión de la Alfonsina era irrevocable.

Alfonsina llenó la casa de retratos de Hipólito y sacó de los baúles y armarios todo lo que le pudiera recordar a su amado difunto para tener los objetos a la vista sin necesidad de tener que buscarlos. La percepción visual de los recuerdos hacía que su pena aumentara hasta el punto de que le pareciera imposible poder resistirla.

En la casa colonial reinaba el absoluto luto que solo los niños mitigaban con su innato deseo de diversión y animación, derechos que su madre no les podía negar. Así que Alfonsina tuvo que hacer algunos paréntesis en su riguroso y organizado duelo para no decepcionar a sus retoños.

«¿Dónde estás *rapaz*? —pensaba la orensana sollozando—, dame una señal, dime algo, paisano. No me dejes con este sentimiento de culpa».

Nadie podía calmar la desesperación de la dueña de la Taberna Gallega y por eso la familia decidió por unanimidad que lo mejor era trasladarla a la casa espaciosa de Alfonsina. Los paseos por los jardines atiborrados de árboles frutales y flores de todo tipo harían milagros en el cerebro de la orensana, que estaba empezando a deteriorarse.

Se hizo la mudanza con la ayuda de su marido y de algunos de sus clientes. Todos estaban un poco nerviosos cuando dejaron a aquella diminuta mujer en el ala de la casona que había sido preparada para recibir a personalidades de gran linaje.

La orensana no sabía qué hacer con su cuerpo en un lugar que no le correspondía, pues se sentía desorientada e insegura, moviéndose por los salones en los que no se atrevía a tocar nada. Tenía miedo de dejar las marcas de su clase social en algún punto de la mansión y que esta la delatara, como si su condición fuera castigada por la ley.

Una joven recién llegada del noroeste de España sería la encargada de atenderla y los niños saltaron de alegría al enterarse de que la abuela iba a estar con ellos.

El orensano iba por la noche a compartir el dormitorio de la casa de Alfonsina con su mujer porque esta no soportaba la soledad nocturna que la atormentaba y no la dejaba descansar. En medio de la oscuridad llegaba la conciencia, apuntándola con dedos acusadores y allí se quedaba a su lado con expresión amenazante. Por eso, la sencilla mujer, llegada del viejo mundo, necesitaba a alguien que velara por ella y le espantara el remordimiento.

Se había empeñado en buscar a un párroco que la escuchara en confesión. Remedios, la joven acompañante, había tenido que salir a patear la capital para satisfacer el deseo de su ama. Al día siguiente, estaban las dos sentadas en una iglesia, esperando al confesor que se suponía la iba aliviar del terrible peso que llevaba a sus espaldas. Al verlo entrar, la tía de Alfonsina pensó que el cura tenía aspecto de chavalete. Estaba ataviado con algo parecido a un disfraz que semejaba a una sotana.

«Menuda decepción y pérdida de tiempo —caviló la orensana—, pero no puedo abandonar la iglesia, es la Casa de Dios y aquí me quedaré hasta que el oficio termine y luego me iré, pues, desde luego, este cura no va a ser el que pueda ayudarme».

El joven bajito, femenino y de hábito, copia de una figura sacada de una comedia, era el curador de almas más cercano al pueblo que un creyente pudiera haber llegado a conocer. Su sermón no solo había cautivado a todos los feligreses que acudían allí los domingos, sino también a la orensana que se quedó temblando de emoción al oír palabras tan llenas de humanidad. Al término de la misa, el párroco se acercó a la dueña de la Taberna Gallega para conocer a la nueva congregante y esta elogió su prédica con lágrimas en los ojos. Se sintió honrada de poder ser asistida en confesión por un hombre que parecía tan indulgente, compasivo, piadoso, caritativo, virtuoso, honesto, sensible, comprensivo y muchas cualidades más que a la orensana no le pasaron desapercibidas, aunque solo lo hubiera escuchado una vez hasta ese momento.

El cura le informó de que solía confesar al lado del feligrés en cuestión, en un banco de la iglesia cuando ya todos se habían ido. La orensana quedó un poco confundida con la inesperada excentricidad, pero pronto se recuperó de su desconcierto. Estaba tan fascinada con el eclesiástico que cualquier idea que proviniera de él le parecía extraordinaria. Cuando todo estaba en silencio y solo las imágenes de los santos los acompañaban, el párroco se sentó al lado de la tía de Alfonsina y animándola con sus palabras, le regaló su confianza.

La orensana desahogó su angustia entre fuertes sollozos que le impedían hablar con claridad y que el cura tenía que intentar descifrar con mucho esfuerzo, pues la pobre mujer se iba quedando sin aliento entre tanta congoja.

Las palabras del párroco fueron un bálsamo para la mujer, que para su sorpresa, en ningún momento se sintió juzgada ni acusada por la voz del representante de la Iglesia.

Al término de la confesión, salió de allí flotando en el aire con una levedad asombrosa que la mantuvo aliviada, mientras caminaba acompañada de Remedios.

En los días siguientes la orensana experimentó sosiego en su sufrimiento. Le hubiera gustado que su pesadumbre se hubiera desvanecido de una tirada. De todos modos, sabía que no ocurría en la vida real y así tenía que aceptarlo, por eso no se sintió defraudada. Además presentía que las confesiones con el párroco la iban a levantar de la desazón en la que había caído.

A partir de ese momento empezó a concentrarse en preparar su charla semanal con el cura. El recién adquirido interés la mantenía ocupada ensayando su confesión, que tenía lugar todos los domingos a las seis de la tarde en la iglesia, dirigida por el sacerdote más especial de la guajira.

El orensano había tenido que tomar las riendas del negocio de las minas de mármol y alabastro de Alfonsina porque se había llevado un buen susto al descubrir que los encargados que estaban al mando eran unos expertos en el hurto y el engaño.

El orensano, con el talento de la multiplicación del bolívar, iba a salvar el negocio familiar sin tener que esforzarse mucho, pues había cosas en la vida que se hacían a la perfección, gracias a cualidades innatas.

De esa manera Alfonsina tenía todo el tiempo del mundo para dedicárselo a su difunto.

—El próximo fin de semana vamos a ir a Testigo Grande —informó Alfonsina a sus hijos. Se acerca el aniversario del día en el que me enamoré de vuestro padre y tengo que volver a revivirlo. Voy al encuentro de ese recuerdo.

—Mamá, ¿podemos quedarnos aquí con la abuela y con Remedios? —preguntó Fernanda en tono suplicante. Sabía que en la isla solo estarían acompañados por la lejanía de Alfonsina, que mentalmente había dejado de estar con ellos.

—Sí, claro. No tenéis que venir conmigo —contestó Alfonsina a su hija, aliviada de poder irse sola y seguir unida a su luto.

En la capital todos la conocían y respetaban su condición de viuda sin haber estado casada. Los hombres se habían conformado con mirarla de lejos. Soñaban con ella a sabiendas de que las imágenes quedarían siendo producto de su imaginación, pues ninguno de los innumerables pretendientes se atrevía a acercársele. Sin embargo, algunos se aventuraban a esperar la llegada de mejores tiempos.

El día en el que Alfonsina volvió a pisar Testigo Grande hacía calor y la isla estaba clara, tranquila y con sus aguas transparentes. Ese era el recuerdo que ella tenía del lugar más parecido al paraíso y que en ese momento estaba de nuevo ante sus ojos. Sin perder más tiempo fue al rincón en el que había descubierto el amor por su adorado Hipólito. Buscó al difunto con mirada inquieta, intentando encontrarlo en algún punto minúsculo del paisaje. Sin embargo, era en vano porque, a pesar del esfuerzo, no conseguía vislumbrar ninguna señal de su amado.

Alfonsina pasó allí la noche, tumbada en la orilla del mar con el peso de los recuerdos que la transportaban al día en el que los dos amantes se revolcaban en la arena mojada.

Al día siguiente tampoco quiso moverse de aquel espacio al final de la playa que inspiraba al amor y a la lujuria. Siguió buscando en el infinito un trazo de luz que le indicara la presencia de Hipólito. Había aprendido a ser paciente por medio del arte de saber esperar. Había confiado en la llegada de la gestación en los días fértiles de su ciclo y había aguardado con constancia el momento preciso para realizar la adopción de sus hijos. Siguió en el recodo amparada por su memoria hasta que su cuerpo no aguantó más, pues había olvidado alimentarlo. Se dirigió a la casa amarilla que seguía derrochando luz por todas sus esquinas y sin descansar tomó la embarcación con destino a la capital, donde su familia la estaba esperando.

Alfonsina entró en su casa como una aparición. Su figura tenía un aspecto cadavérico y lánguido; parecía estar pidiendo sepultura.

Los niños saltaron de alegría al verla y ella, por un momento, volvió a la realidad y lloró de emoción. La orensana también sollozaba, pero la razón de su llanto era la pena que le causaba ver a su sobrina en la decrepitud de la vida.

—¡Remedios, haz un caldo de pollo! —ordenó la orensana—. Alfonsina tiene que comer. ¡Ven aquí, *rapaza miña!* —exclamó, envolviéndola en sus brazos—, vuelve a la vida, libérate de todo tu peso y quédate con nosotros. Intenta sobreponerte, porque tienes una familia que te necesita.

Alfonsina se entregó al abrazo de su tía y experimentó una sensación de cobijo, pegada al cuerpo de la mujer que la quería tanto. Se dejó llevar por la agradable calidez. De sus ojos salieron lágrimas a borbotones, empapando todo su rostro y la bata sembrada de flores de la orensana se tiñó de oscuro por la humedad del llanto. Estuvieron unidas hasta que Alfonsina se dio cuenta de que había bajado la guardia. Volvió a su control mental, para que nadie la despistara de seguir el duelo por la muerte de su amado.

—Tienes que cambiar de actitud antes de que te enfermes —aconsejó la orensana—, estás muy débil y no tiene sentido que sigas así. Debes distraerte, porque si no lo haces...

La orensana tuvo que parar su monólogo en seco al observar la mirada de Alfonsina; sus ojos eran el espejo de la determinación y del empeño, y ningún intento humano podría cambiar su resolución.

La orensana bajó la cabeza y tuvo que reprimir los gritos de desesperación que estaban a punto de salírsele de la garganta. Siguió observando y vigilando a Alfonsina mientras comía el preciado caldo de ave para asegurarse de que no lo dejaría en el plato, y en cuanto la vio desaparecer hacia su cuarto para volver a rodearse de los recuerdos del finado, se dirigió hacia el ala de la casa, donde habitaba. Luego se cambió de ropa y fue a su confesión semanal. Era domingo.

—Señor cura, el sentimiento de culpabilidad desaparece por momentos y con eso ya estoy bastante contenta —informó la orensana—. Sin embargo, mi gran preocupación ahora es mi sobrina; no levanta cabeza y es una sombra de lo que era. Su naturaleza es de una gran terquedad y no la puedo hacer entrar en razón. No admite consejos de nadie y va por la casa envuelta en un vaho de aflicción que le rompe el corazón al más insensible. ¡Ay que desgracia!

—Cada uno tiene su manera diferente de enfrentarse a los cambios —respondió el cura—. Alfonsina es una mujer adulta que ha cruzado el océano sola. Tuvo que afrontar muchas dificultades y siempre logró todo lo que se propuso. Demostró tener gran fortaleza y en eso hay que confiar, ya que no tenemos la capacidad ni la responsabilidad de tomar el destino de los demás en nuestras manos. Debemos dejar que Dios lo haga entregándole nuestra confianza. ¡Libérate del empeño en cambiar la voluntad del prójimo y acompáñala en silencio! Creo que eso es lo único que tu sobrina necesita.

La orensana se puso a pensar en la reprimenda que le había echado a Hipólito antes de su muerte y el pesar con el que estaba obligada a seguir viviendo. No podía volver a caer en el mismo error. Si por su culpa algo llegara a sucederle a Alfonsina, jamás se lo perdonaría. Salió de la iglesia con el alivio que ya le era familiar al terminar la confesión con el párroco y, acompañada de Remedios, se fue al lugar que ocupaba en la mansión de su sobrina. En ese sitio permaneció ese día y también los venideros, pues había decidido no molestarla.

Capítulo 12

Francisco, el Poeta, estaba muy animado. Parecía que los ataques a su propia dignidad que solía sufrir por parte de los guardias, se habían terminado. Por fin, disfrutaba de libertad, ya que la pareja de agentes que lo atormentaba había sido destinada a otra región en la que escaseaban servidores de esa índole. Nadie sabía si alguien vendría a reemplazarlos y de momento podía estar tranquilo.

Con su naturaleza optimista, Francisco, el Poeta, se concentraba más que nunca en sus poesías. Las recitaba en todos los lugares en los que se encontraba sin miedo a ser descubierto.

Josefa seguía entregada al trabajo y, como era su costumbre, ofrecía protección a los perseguidos por la ley detrás de la losa de su lagar.

Una gran parte de las hilas de la barba de Hipólito se habían roto de tanto tejer y destejer. Ya no podía recomponerla y tenía que resignarse a la total pérdida de su marido.

La *lareira* seguía esperando la llegada de visitantes y la madre de Hipólito arreglaba la casa para recibir a su hijo. Era la única que aún creía en el futuro.

—Josefa, ya preparé la mesa del comedor con el mantel blanco bordado —dijo emocionada su suegra—. También hice la rosca que le gusta tanto a mi hijo. Por fin, vamos a celebrar nuestro encuentro.

—Si, todo está perfecto —contestó Josefa resignada—. Nos reuniremos para siempre.

—Mira, cambié el vino clarete, que salió buenísimo, por un kilo de azúcar —confesó la suegra en susurros—, así que el roscón me salió de maravilla de lo dulce que está. La verdad, es que ha valido la pena todo el esfuerzo que hice. Al principio el panadero no estaba conforme con lo que le pedí, pero luego logré convencerlo.

—¡No me gusta que hagas tratos con ese hombre! —exclamó Josefa con enfado—. El panadero no es una buena persona y debes apartarte de él.

—¡No me importa cómo sea la gente! —contestó la madre de Hipólito—, eso no cuenta, Josefa. El mundo es de todos y cada uno busca la mejor manera de vivir. Por mi Hipólito me meto yo en las manos del diablo y que nadie me diga lo contrario porque, por encima de todo, soy madre.

—Tienes razón —respondió su nuera con tristeza y a punto de llorar—, es lo mejor que has podido hacer.

—Ahora voy a lavar la ropa de las camas —informó la suegra con ilusión—, todo tiene que oler bien cuando mi hijo ponga los pies en esta casa. Andreíta me ayudará en estos quehaceres, ya que se muere de alegría por ver a su padre.

Andrea solo quería complacer a su abuela y no le llevaba nunca la contraria, porque gracias a esa mujer y a sus recursos, habían pasado los tres años de guerra protegidos del miedo y arropados con las fantásticas historias que se afanaba en inventar para ellos.

Josefa salió con prisa de su casa para ir a buscar coles para los cerdos y sacudirse la pena que la asaltaba. Por el camino se cruzó con Amelia, la mujer del Poeta.

—¿Has visto últimamente a Antonia? —le preguntó, cuando vio a Josefa por el camino.

—No —contestó Josefa algo incómoda—. No sé por dónde anda.

—Se comenta que algo le pasa y no sale de la cama —informó Amelia con preocupación—. Nadie la nombra, igual que si no existiera. Tampoco los padres dan una contestación clara, cuando alguien les pregunta por su hija.

—Tiene padre y madre —respondió Josefa fríamente—, ellos la cuidan y, si no quieren contar nada, ¿qué podemos hacer? La gente no tiene por qué hablar de sus intimidades.

Josefa notaba cierto desasosiego al oír hablar de Antonia. Se sentía culpable por haber obligado a su vecina a que se las apañara sola para salvar al Poeta de las garras del panadero. Había sido muy fría con ella, además de no querer escuchar sus penas. Le parecían banalidades comparándolas con otras desgracias con las que tenían que convivir la mayoría de los vecinos. Por otro lado, le horrorizaba todo lo concerniente al panadero y no quería que Antonia le hablara de él.

Esa noche Josefa se acostó intranquila y tuvo pesadillas en las que veía a Antonia rodeada de sangre. Se despertó sudando y luego abrió sigilosamente la puerta del cuarto de sus hijos y la de su suegra. Al ver que los tres dormían, volvió a su cama, pero ya no pudo pegar ojo. Se le había metido el susto en el cuerpo y no sabía cómo quitárselo. Tenía que ir a ver a su amiga.

—Ábreme Antonia, soy Josefa —gritó desde abajo—. Antonia, abre, quiero verte... Antonia... Antonia...

—¿Pero qué pasa? —preguntó contrariada, asomándose a la ventana—. Ah eres tú. ¿Pasa algo malo? Qué raro que vengas por aquí y tan temprano.

—No ocurre nada —respondió Josefa—, solo quería verte. Hace mucho que no sé nada de ti y además soñé contigo. ¿Puedo entrar un rato?

—Es que no hay nadie en casa para abrirte la puerta —dijo Antonia confusa.

—Tienes que bajar y abrírmela tú —le ordenó Josefa.

—No me encuentro bien —exclamó Antonia.

—Solo será un rato —le prometió Josefa.

Como Antonia respetaba mucho a Josefa, no quiso seguir negándole la entrada a la que consideraba su amiga. Se retiró de la ventana muy despacio, después fue hacia la escalera y bajó pausadamente. Iba ataviada con tantas capas de ropa que hacía que su cuerpo pareciera deforme.

—¡Entra! —dijo Antonia después de haberle abierto la puerta.

Josefa subió siguiéndola y sorprendiéndose de lo mucho que había cambiado su amiga en cuestión de meses.

—¡Siéntate! —le dijo Antonia ofreciéndole una silla, y ella se introdujo de nuevo en su cama con todo el ropaje que llevaba encima.

—Hace mucho que no te veo, no se sabe nada de ti —informó Josefa— ¿Estás enferma? ¿No puedes levantarte?

—No, no puedo, me encuentro mal —le contestó con voz débil—. Empezó devorándome la tristeza y ahora sufre mi cuerpo, me duele todo y no tengo fuerzas para salir de la cama. Menos mal que mi madre me atiende y no tengo que preocuparme de nada. Esa es mi ventaja. Siento mucho no poder recibirte mejor. Ya sabes que me hubiera gustado hacerlo...yo... siempre te tuve mucho aprecio.

—No digas esas cosas que me causan mucha pena —le pidió Josefa—. La verdad es que me olvidé un poco de los que me rodean, pues ya sabes, que tengo muchas responsabilidades encima. No es nada en contra de ti, Antonia.

—Ya lo sé, no te preocupes —respondió la mujer del panadero con la mirada perdida.

Las dos se quedaron en silencio sin poder hablar de lo que ocupaba sus pensamientos. No encontraban las palabras para poder exteriorizar lo que sentían al recordar las atrocidades que se cometían en la aldea.

Josefa observó el dormitorio y se dio cuenta de que no estaban en la habitación de matrimonio. Su amiga estaba tumbada en una cama individual y rodeada de objetos que solo podían pertenecer a una mujer. En medio del abandono y desamparo que reinaba en el ambiente, divisó debajo de la cama un palo atado a una tela larga. Le pareció rarísimo ese descubrimiento y miró perpleja hacia el sitio en el que había un aparejo tan fuera de lugar.

—¿Podrías bajar a la cocina a prepararme una manzanilla? —preguntó Antonia en un intento de despistar a su amiga—, tengo la boca muy seca y el estómago revuelto.

—Claro, ahora mismo voy —le contestó la mujer de Hipólito levantándose de su silla—. Conozco muy bien esta casa de cuando éramos niñas y corríamos por todas las esquinas. No había lugar que no encontráramos. ¡Que tiempos tan lejanos!

A Antonia se le resbaló una lágrima por la mejilla, dejando un surco blanquecino y salado, que ella se limitó a borrar con la manga del jersey que llevaba puesto.

Cuando su amiga salió del cuarto, Antonia se levantó con esfuerzo para tirar de la colcha. Consiguió que el borde alcanzara el suelo y con ello pudo tapar lo que se encontraba debajo del somier.

Josefa entró de nuevo con el tazón de manzanilla en la mano y se lo dio. Esta lo agarró como si fuera un objeto muy valioso. Luego volvió a sentarse en la única silla que había en el cuarto y descubrió al instante que el hueco que había entre el suelo y la cama había sido tapado como si se tratara de una ventana a la que le habían corrido las cortinas.

Estuvieron hablando de trivialidades y luego Josefa se despidió para volver a sus campos y volcarse en el trabajo que la esperaba. Sin embargo, ese día no podía hacer las cosas como de costumbre. Mientras sembraba patatas con una lentitud asombrosa, su mente divagaba por el cuarto de Antonia.

Todos los vecinos seguían con su modo de vida, sin dejar que nada entorpeciera su día a día, porque esa era la mejor manera de sobrevivir.

El panadero era un habitante más de aquella minúscula aldea, que también seguía con sus hábitos, aunque eran de otra índole.

—Acabo de dejaros algo en la cocina —le informó a los padres de Juanito, al verlos llegar a su casa, cuando él salía por la huerta, colocándose bien la cintura de los pantalones.

—¡No tienes que hacer eso! —contestó la madre del *rapaz* con algo de nerviosismo.

—Nosotros no podemos pagarte —añadió el padre—, ya sabes que vivimos con muchas dificultades y nada nos sobra.

—Que ocurrencia, compadre —rio el panadero—. Nunca se me hubiera ocurrido pediros algo a cambio, pues las cosas se hacen voluntariamente o se dejan. En mi caso, puedo permitirme obsequiar con alguna muestra de cariño a algún pariente lejano. La vida da muchas vueltas y nunca se sabe a quién tendremos que recurrir el día de mañana.

—Ya será menos —dijo la madre de Juanito poniéndose la mano en la cabeza en señal de sorpresa—. ¿Quieres venir a tomar unas copas de coñac? Bueno, de tu coñac, para ser más exactos.

El padre de Juanito miró a su mujer un poco serio. Al final optó por no decir nada y siguió en silencio, con la mirada baja, como si quisiera ignorar lo que lo rodeaba.

—Hoy no puede ser —contestó el panadero—, tengo que llevar unos pedidos. Otro día tomaré unos tragos con vosotros de muy buena gana. Faltaría más, claro que lo haremos.

—Pues así será —contestó la madre de Juanito—. Un millón de gracias y hasta pronto.

El panadero se despidió y subió a la furgoneta que hacía poco tiempo se había comprado y de la que se sentía muy orgulloso; era la única que había en muchos kilómetros a la redonda.

Juanito estaba sentado en el suelo del pasillo con una pistola de juguete en la mano (regalo del panadero) con la que estaba disparando. La piel del chiquillo se veía enrojecida y tenía el pelo todo revuelto.

Al ver a sus progenitores corrió hacia ellos llorando y su madre lo sentó en el regazo meciéndolo como si se tratara de un recién nacido hambriento y sediento de afecto. Los padres del niño evitaban mirarse mutuamente, así no tenía que leer uno en los ojos del otro el reproche por la bestialidad consentida.

Al ser interrumpidos por los gritos de Juanito, su madre volvió a la realidad en un santiamén y sacó unas cuantas galletas de una caja para dárselas a su hijo. Luego se quedaron deslumbrados al inspeccionar los maravillosos artículos que habían caído en su poder. La mesa de la cocina estaba repleta de todo tipo de delicias a las que solo los ricos podían acceder. A eso se sumaba una buena cantidad de ropa para toda la familia, extendida en las sillas, en el aparador e incluso en la despensa. Ni en sueños se hubieran imaginado que los podrían haber llegado a tocar con sus manos alguna vez en su vida.

Antonia se levantó de la cama para vaciar la bacinica en la huerta, aprovechando que no había nadie en casa. Luego, ya en su cuarto, cogió el trozo de tela y el palo que había escondido de Josefa con tanto esmero. Entonces armó un torniquete alrededor de su enorme barriga y lo apretó con todas sus fuerzas para conseguir que el engendro que llevaba dentro desapareciera. No sabía cómo sucedería, lo único que quería era librarse de él.

En el aserradero, a veces, los trabajadores sufrían accidentes cortando la madera y su padre había salvado a varios colocándoles un torniquete hasta que llegara el médico.

«Si el aparejo, formado por una tela y un palo, podía salvar a los hombres de la serrería, también podrá salvarme a mí» —pensaba Antonia, al envolver su barriga para estrujarla al máximo y lograr aplastarla solo por unos segundos, para luego volver a su estado inicial.

La madre de Antonia sufría mucho por su hija e insistía en ir a buscar al médico, pero ella se negaba rotundamente. Argumentaba que su estado de decadencia era debido a la infelicidad que llevaba en su espíritu por un matrimonio mal avenido. La había convencido de que había que esperar a que se repusiera de ese bache y luego intentaría recuperar a su marido de nuevo.

Mientras Antonia llenaba de marcas y moretones la piel de su abdomen en un intento de destruir su fecundidad, su madre sembraba las tierras fértiles que la familia poseía.

El padre de Antonia solía llegar tarde a casa de su empresa de madera. Antes de la cena, subía al cuarto de su hija para verla, debido a la indisposición de esta. Sin embargo, nunca tuvo conocimiento de que Antonia no abandonaba la cama durante todo el día.

El Poeta era el único de toda la aldea que vivía feliz. Su satisfacción se debía a la libertad de la que disfrutaba desde que no era perseguido ni vigilado por los representantes de la represión.

Su inspiración brotaba igual que las flores de *toxo* que bañan los montes en plena primavera. Recitaba continuamente en los espacios libres y también entre las cuatro paredes de su pequeña casa. Entonaba como un juglar, sobre todo en su alcoba con su adorada Amelia, a la que se unía de todas las maneras posibles. Nunca quedaba saciado, a pesar de conocer de memoria y con los cinco sentidos cada rincón de su cuerpo.

La pareja estaba en una segunda luna de miel, alimentándose del deseo, de la entrega y de todo lo que abarca la comunicación corporal entre dos individuos que comparten los mismos sentimientos.

Para la mujer del Poeta, la amenaza de los chivatazos del panadero había quedado en el olvido porque la pasión predominaba sobre cualquier conducta mezquina y despiadada. Ya casi no se acordaba del día en el que Josefa la paró delante del río Couso, para avisarla de que su marido corría peligro porque el panadero andaba al acecho. Amelia quería ser feliz, pues a la gran mayoría les había tocado una buena porción de sufrimiento y ahora intentaba contagiarse de la naturaleza eufórica de su consorte y el resto no le importaba.

Por su parte, Antonia estaba muy inquieta. No podía descansar acostada en su cama. Le resultaba difícil moverse para cambiarse de lado porque tenía dolor de espalda y de barriga, parecido al que se produce con la menstruación. El malestar iba en aumento y sabía que no podía esperar más a que su estado empeorase, por eso tenía que salir de casa mientras pudiera hacerlo por su propio pie. No había planeado nada, hacía tiempo que había dejado de hacerlo. A cambio, había ido desarrollando el manejo de la improvisación.

Era de noche, sus padres y su marido dormían. Bajó muy despacio la escalera con una manta en el brazo y luego entró en la cocina para coger un cuchillo. Lo guardó con esmero debajo del abrigo que se puso antes de salir. Caminó hacia el monte, haciendo descansos para aguantar el dolor que cada vez se iba intensificando más. Se adentró entre los carballos y pinos que formaban un paisaje frondoso y denso dentro de la más absoluta oscuridad. Anduvo hasta que no pudo seguir y tuvo que tumbarse en la manta, retorciéndose de desesperación, mientras las contracciones aumentaban. Los intervalos entre unas y otras se iban haciendo cada vez más cortos y la rabia, contenida durante tanto tiempo de encierro, junto con la presión que experimentaba su útero, hicieron que salieran de su garganta unos gritos desgarradores. Eran comparables a los de un animal felino, a punto de atacar a su contrincante. Presionaba todo lo que sus fuerzas le permitían porque lo único que quería era librarse del ser extraño que se había introducido en su cuerpo sin que ella le hubiera dado el permiso de hacerlo. Presa de la desesperación, rascaba con las uñas el suelo poblado de raíces de *xestas* y del laurel que los lugareños cortaban con hachas para que no se extendieran por el boscaje. Así estuvo horas, sudando en medio de la noche fría y con las piernas abiertas, obedeciendo a su vagina que se negaba a cerrarse porque ya no había vuelta atrás. Cuando ya pensaba que iba a dejar este mundo, ocurrió el milagro de la vida y salió un ser escurridizo como un pez de entre las piernas de Antonia. La recién estrenada madre cerró los ojos, sin reaccionar a los gritos del bebé, intentando ignorar el fruto de su vientre.

Cuando los huesos se lo permitieron, levantó el torso del suelo. Con la mano derecha cogió el cuchillo de cocina para arremeter con todas sus fuerzas contra el ser diminuto que se desgañitaba, intentando ejercitar sus pulmones. Estaba decidida a hacer desaparecer lo que había salido de su interior. Lo hubiera hecho con toda seguridad si no hubiera visto la cara de la niña repleta de cardenales implorándole con expresión desvalida que la dejara vivir. Y así fue como el instinto maternal invadió a la mujer.

El cuchillo le sirvió para cortar el cordón umbilical de la niña a la que llamaría Josefina. La criatura se convertiría en la salvadora de Antonia y la libraría del destino que su padre había escogido para ella al casarla con el panadero.

Josefa escuchó los gritos de su amiga desde su alcoba y no sabía con exactitud si se trataba de un sueño o si sería algo real. Se vistió en un abrir y cerrar de ojos para salir corriendo a casa de Antonia, donde la madre de esta, estaba hecha un mar de lágrimas. Acababa de descubrir la falta de su hija después de haber oído a lo lejos el llanto de un recién nacido. Luego, las dos en silencio salieron en busca de la mujer del panadero sin querer alarmar a nadie. En realidad, si alguien se quería esconder del mundo en aquellas tierras cargadas de vegetación, era tan fácil hacerlo como ser descubierto. Fueron juntas, monte arriba al unísono, sin necesidad de tener que consultar una con la otra. Apuraron el paso y se abrieron camino entre las *carballeiras*, los pinares y los castaños. Caminaron, luchando contra las ramas de los árboles que arremetían a cada minuto contra ellas. Después llegaron a un lugar en el que el silencio quedaba interrumpido por unos sonidos guturales que no se sabía exactamente de donde procedían. Siguieron hacia adelante, dejándose guiar por el sentido del oído hasta alcanzar un lugar donde la espesura de la arboleda era menos visible. Allí distinguieron la figura de una mujer sentada en una manta dando de mamar a un recién nacido, al que cubría con su abrigo. La joven madre era ajena a todo lo que la rodeaba. Estaba extasiada mientras observaba al crío que ya había aprendido a realizar los movimientos de succión. Parecía que la actividad que el pequeño llevaba a cabo era la única digna de ser contemplada y apreciada por la recién parida.

La madre de Antonia, con Josefa a su lado, se fue acercando muy despacio a su hija. Al llegar junto a ella no fue capaz de hablarle, se dejó llevar por el impulso de abrazarla con fuerza y así permanecieron unos minutos. Josefa miraba la escena que aparecía ante sus ojos como si se tratara de un cuadro surrealista.

Capítulo 13

Alfonsina estaba preparando el equipaje para ir con sus hijos a Testigo Grande y los niños no cabían en si de tanta alegría, ya que por fin habían recuperado a su madre.

Habían pasado los trescientos sesenta y cinco días que siguieron a la desaparición de Hipólito, y con ello se terminó el duelo que Alfonsina había llevado con una precisión asombrosa. Se habían quedado atrás la tristeza y la soledad elegida por decisión propia en la que Alfonsina había estado sumida. Todo formaba parte del pasado y, como muestra de ello, ya había guardado todos los recuerdos relacionados con su amado. Nunca más los volvería a desenterrar de los baúles en los que se apolillarían.

—¡Mamá, estoy deseando recorrer todos los caminos de la isla como hacíamos antes! —dijo Fernanda entusiasmada, mirando a su madre con admiración—. Volveremos a reírnos jugando en la playa, ayudaremos a los pescadores, cocinaremos y dormiremos en la casa amarilla... No me lo puedo creer mamá. ¡Estamos otra vez juntos!

—¡Ven aquí! —ordenó Alfonsina, riéndose —quiero darte el abrazo más grande del mundo. A ti también Carlitos. ¡Déjame que te agarre!

—¡No, no conseguirás alcanzarme! —gritó el niño alborotado—, soy un pirata y no me vas a capturar.

—¡Cómo que no! —corrió Alfonsina detrás de su hijo a carcajadas—. Vas a ver, cuando te pille.

Después de atrapar al niño, abrazó a los dos hermanos. Luego se quedaron madre e hijos en una estrecha unión como fruto de su reencuentro.

Las semanas en la isla le devolvieron a Alfonsina la conexión con todo lo que la rodeaba. Sintió el vínculo con el mundo del que había estado desconectada y volvió a volcarse en los suyos, entregándose por completo a lo que la vida le había regalado porque era lo único que contaba.

Las gaviotas, los animales preferidos de Hipólito, la observaban. Era como si él se las hubiera mandado para cuidarla, pero ella no se percataba de las miradas de los pájaros.

Pasaron varias semanas en Testigo Grande y luego volvieron a Caracas. Llevaban consigo la fuerza, resultado del sentimiento de confianza y de seguridad que desprende todo aquel que se siente reconfortado por el afecto de los suyos.

Ya en la capital, Alfonsina retomó lo que había dejado hacía un año. Entró en la Taberna Gallega, se sentó en su silla y atendió a la gente que hacía cola delante del cartel de apertura. Tras el paréntesis, casi todo volvía a ser como antes, exceptuando el retorno de la orensana a su vivienda. La tía de Alfonsina había decidido seguir en casa de su sobrina. De hecho, se había cambiado de ala y ahora ya no ocupaba el lugar de los invitados, pues no necesitaban separaciones ni divisiones construidas por paredes de cemento armado. No había que marcar distancia entre la familia, sino todo lo contrario. Así que la orensana y Remedios, su acompañante, convivían con Alfonsina y con sus hijos.

La orensana se había recuperado de su enfermedad, causada por la pesadumbre, gracias a las palabras del cura. Tanta fue la mejoría que ya estaba empezando a ver las ventajas de que su sobrina estuviera sin Hipólito. Sin embargo, nunca sería capaz de reconocer ese sentimiento ante nadie. Le parecía vil y le producía vergüenza. Por no mencionar la culpabilidad que le creaba el solo tener que admitirlo para sus adentros.

Alfonsina estaba contenta de que la orensana viviera con ellos y se alegraba de que sus hijos estuvieran al lado de su abuela, a la que adoraban.

Como la postura de Alfonsina ante el mundo había cambiado, también era diferente la manera en la que los hombres la observaban. Las expresiones de los rostros de condolencia en los varones habían desaparecido para pasar a convertirse en manifestaciones de deseo e intenciones de conquista. Ella lo notaba cada día y en cada esquina de la capital venezolana.

A veces, la orensana y Remedios tenían que hacer guardia en la puerta de su casa, resguardando a la hermosura de mujer para que pudiera entrar en sus posesiones sin ser asediada por todos los mozos que le salían al encuentro.

El orensano nunca estaba presente porque su actual cometido era dedicarse por entero a multiplicar los bolívares de la empresa de mármol y alabastro de su sobrina. Incluso había tenido que buscar a encargados que llevaran el mando de su negocio.

En poco tiempo había creado media docena de tabernas que estaban desperdigados por toda la ciudad y eran atendidas por personas de su máxima confianza. Las dotes del hombre llegado de Orense, relacionadas con el aumento desmesurado de la fortuna, eran espectaculares. Al emigrante, procedente de la tierra de los afiladores, no se le escapaba nada que tuviera que ver con cifras. Era un conocedor excepcional de la materia y ya tenía a un sin fin de aprendices detrás que se esforzaban en adquirir un poco de la sapiencia que solo él poseía. La sabiduría, concentrada en los números, no era ni más ni menos que el talento con el que había llegado al mundo una noche de invierno fría y lluviosa en su minúscula aldea.

Alfonsina entró un día más en la Taberna Gallega para realizar su tarea, que más que un trabajo era una vocación. Ocupó su silla vacía y cogió la mano de la primera persona que la estaba esperando para poder leer sus líneas. Vislumbró la presencia de muchos niños en las ramificaciones de la palma que tenía ante sus ojos, pero lo más sorprendente fue que también se vio a sí misma. Levantó la vista para saber quién estaba enfrente y se encontró con la mirada más azul del mundo. Era como si estuviera flotando en el océano. Por muy increíble que pareciera tenía la mano del capitán entre las suyas.

—Solamente así puedo acceder a ti —le dijo Aron apretándole el brazo—. Siempre te tuve presente en la distancia. Conozco cada acontecimiento de tu vida y también todos tus pasos igual que si fuéramos reportero y comediante.

Alfonsina sintió un fuerte calor en su rostro y las lágrimas delataron la emoción que ya no podía contener.

—Estoy sin palabras —le contestó ella al hombre de pelo blanco algodonado que la contemplaba admirado.

Por primera vez, en todo el tiempo que ejercía la tarea de adivina, tuvo que hacer una pausa. Su clarividencia había sufrido un cortocircuito debido a la fuerte impresión que se había llevado y, si seguía atendiendo a la gente en tal estado, no acertaría la mínima. Se retiró a la cocina con el capitán a su lado. Entre sartenes y cacerolas dio rienda suelta a su llanto, mientras Aron se estremecía abrazando a la mujer más hermosa de la Guajira.

—Oh, perdona, capitán, por recibirte de esta manera —exclamó Alfonsina suspirando—. Mi corazón se ha vuelto más frágil y ya no tiene el mismo aguante de antes.

—Para mí eres la misma Alfonsina de siempre —exclamó el sueco—, la que me colmó de felicidad en aquella travesía. A pesar de todos mis devaneos amorosos, siempre era tu cuerpo el que estaba al lado del mío.

—Nunca me permití echarte de menos —declaró ella—, sabía que acabaría sufriendo y eso no estaba en mis planes. Siempre hui de la angustia, y el día que entró en mí fue porque yo le abrí la puerta. Mi intención era llenarme hasta la hartura del sentimiento de desconsuelo y pérdida, hasta que se desvaneciera por completo.

Alfonsina notó una parálisis que le impedía realizar cualquier tipo de acción porque se sentía invadida por los recuerdos. Volvió al día en el que cruzó la capital del brazo del capitán y se instaló en la vivienda de los orensanos. Ese diluvio de sensaciones la había cogido desprevenida y eso no era típico de su carácter, pero las personas no siempre permanecen fieles a su naturaleza.

El encargado de la Taberna Gallega tuvo que avisar a la clientela de que se suspendería el servicio de atención por cuestiones privadas. Los que esperaban se dispersaron con la decepción y el interrogante reflejados en la cara, por tener que abandonar el lugar sin ser informados de la razón de esa irregularidad.

Alfonsina pasó el día con el capitán en el jardín de su casa colonial, mientras la orensana los observaba con mirada preocupada, rezando para que nada malo ocurriera.

Tras la marcha del capitán, Alfonsina entró en casa con expresión afligida. Volvía a mostrar el semblante que había tenido durante el año de duelo por su amado.

La orensana no encontró tranquilidad en toda la noche, ni siquiera cuando su marido llegó tarde y se deslizó en su cama para hacerle el amor. Tras el acto, siguió rezando por su sobrina y visualizando para ella toda una vida llena de felicidad y satisfacción.

Al día siguiente, le dio las gracias a la Milagrosa, pues Alfonsina se había levantado de buen talante. No se le veía un atisbo de tristeza en su hermosura natural.

Los encuentros entre su sobrina y el capitán se sucedieron, pero, aunque pareciera imposible, solo había una sincera amistad entre ellos, pues también eso era posible entre mujer y hombre. Ese era el punto de vista de Alfonsina, a pesar de que nadie más en esa sociedad creyera en ello.

El capitán de origen sueco no tenía la misma fogosidad que los hombres de tierras cálidas y sabía mantener la distancia sin necesidad de tener que contener su ímpetu. Le ofrecía solo lo que ella necesitaba y la comunicación corporal e íntima no tenía lugar en su relación.

Él se había instalado en el ala de las visitas de la casa de Alfonsina y en las pausas de sus travesías oceánicas se quedaba allí, compartiendo el tiempo que tenía libre con la primera mujer a la que había amado. Ahora tenía la oportunidad de volver a mirarla de cerca, aunque solo fuera como amiga.

La orensana tenía que enfrentarse una vez más a las habladurías de los emigrantes cada vez que se adentraba en los barrios de la ciudad. Defendía a su sobrina como la leona que protege a sus cachorros de los peligros que los acechan. A veces, sentía mucha rabia contra ella por su imprudencia, pero ya había aprendido bien la lección y no sería ella la que iba a atreverse a darle consejos.

Capítulo 14

Las tres mujeres abandonaron el monte con la pequeña Josefina en brazos. Fueron a paso muy lento porque Antonia tenía el cuerpo dolorido y no estaba para mucho trote. Llegaron a su casa y acompañaron a la nueva madre a su cuarto de soltera. Se acostó exhausta al lado de su hijita, cuya piel estaba repleta de hematomas.

Cuando el panadero y su suegro llegaron a casa, se enteraron de que se habían convertido en padre y abuelo respectivamente.

El padre de Antonia subió hasta el segundo piso para ver cómo se encontraba su hija y poder conocer a su nieta. Era un hombre de personalidad dura y práctica, y no manifestaba sentimientos porque la sociedad no le permitía las muestras de afecto a los varones. Eso estaba mal visto y él no iba a ser diferente, aunque, a pesar de todo, había llorado muchas noches a lágrima viva por la infelicidad de su hija de la que él era el único culpable.

—Se parece a ti, Antonia —exclamó el abuelo con la nieta en brazos—. Así te tuve cuando naciste aquí, en esta casa que fue donde tu madre te trajo al mundo.

—Perdona, papá —dijo la hija—, vamos a ser la comidilla de toda la comarca y tú vas a tener que enfrentarte a eso. Te he avergonzado con mi manera de llevar las cosas y lo siento en el alma.

—Hija mía —contestó el padre con la voz entrecortada—, no me hagas llorar y perder ante ti la dignidad que todo hombre se merece. Me has hecho muy feliz al traer a esta niña al mundo y lo que venga después no nos importa, pues no le debemos nada a nadie. Eres una mujer casada y lo más normal del mundo es que tengas descendencia.

—Pero, papá —insistió Antonia—, yo he ocultado...

—Tú has hecho todo bien —interrumpió el nuevo abuelo— y de eso no se hable más.

A Antonia le hubiera gustado contar las razones por las que había llegado a odiar de tal manera su embarazo. Querría exteriorizar sus sentimientos y le gustaría ser sincera con la persona que la había engendrado. Por desgracia, era imposible, ya que su padre se negaba a escuchar la verdad al no tener fuerzas para afrontarla.

El padre de Antonia salió de la habitación de su hija justo, cuando el panadero abrió la puerta para entrar. Suegro y yerno no se dirigían prácticamente la palabra. El panadero siempre bajaba la vista al ver al padre de Antonia. Su presencia le producía una sensación de miedo constante, ya que solo podía ser valiente con los que consideraba débiles.

—Esta niña, que acabas de parir, no puede ser mía —reprochó el panadero a su mujer—. Ninguna esposa en su sano juicio le haría eso a su marido. Seguro que el padre es ese loco del Poeta, por el que siempre has estado chalada. Ahora tengo que cargar yo con la hija de otro. ¡Habrase visto vergüenza al paso!

—Supongo que al hablar de vergüenza te refieres a ti —se defendió Antonia mirándole a los ojos—. El que es capaz de abusar de un retrasado, es capaz de cualquier bestialidad y te recuerdo que todo el mundo lo sabe. Nadie puede respetar a un violador.

—¡Te mato! —contestó el panadero levantado la mano, mas la bajó pensando en su suegro, que podría haberlo escuchado.

El padre de Josefina se deslizó por la escalera con toda la rapidez que sus piernas le permitieron. Optó por salir a tomar el aire antes de meterse en la cama de matrimonio que compartía consigo mismo, pero a medio camino decidió que tenía que hacer algo y se fue en su furgoneta al cuartel.

—Señor, las palabras que ese Francisco va predicando por todos los lugares sin ningún temor son un peligro —le recordó el panadero a la Guardia Civil al presentarse allí con la rabia a flor de piel por la humillación de su mujer—. Ese chalado incita a la gente al libertinaje, a los amoríos prohibidos y las nuevas ideas. Todos sabemos que eso va en contra de los principios de la política franquista. Ustedes tienen los pliegos llenos de ofensas del Poeta que yo mismo les traje como prueba de deslealtad al régimen, y con todos mis respetos, vengo a recordárselo para que se haga algo antes de que la cosa vaya a mayores.

—Nos falta personal —le informó el funcionario del cuartel al panadero—, la pareja de guardias que se dedicaba a esta zona fue destinada a otro lugar. De momento, no hay otros que vengan a ocupar esas plazas vacantes. Así que hay que esperar porque nosotros no podemos hacer todo el trabajo.

—Yo les puedo ayudar en lo que haga falta —insistió el panadero—, siempre estuve al servicio de las autoridades cuando me necesitaron y lo seguiré haciendo a costa de lo que sea porque soy un patriota.

—¡No tienes nada que hacer aquí! —alzó la voz el agente—. Este es nuestro trabajo y nosotros somos los que damos las órdenes. Tu encomienda se ha terminado. Te recomiendo que te dediques a tu familia y no pierdas más el tiempo en chivatazos ni en abusos de otra índole; te pueden traer muchos quebraderos de cabeza, por no hablar de algo peor.

—No sé a qué se refiere, señor—. se atrevió a decir el panadero con la cara blanca como la cera y con unas repentinas ganas de orinar.

—Vete de aquí antes de que cambie de idea y te encierre de por vida —gritó el guardia levantándose de la silla—. Tengo dos hijos y dos sobrinos y, que Dios se apiade de ti, si me enterase de que hubiera una huella de tus asquerosos dedos en alguno de ellos. *Fora fillo da gran puta!*

El panadero salió del cuartel en silencio, presa de una impotencia tremenda, como nunca en su vida. No sabía cómo quitarse aquel dolor de encima. La falta de respeto por parte del funcionario de la Guardia Civil lo había enfurecido y le vino a la memoria todo lo que había hecho por ellos durante años.

Lo primero que hizo fue acercarse a la parte de atrás del cuartel y allí mismo dio rienda suelta a la orina, disparándola con todas sus fuerzas hacia la pared de la caserna hasta dejar una buena marca con el chorro que soltó de su vejiga. Luego se fue al bar de Teodoro y bebió más de la cuenta intentando ahogar el rencor y el odio que desarrollaba contra todo ser vivo. Después salió de la taberna tambaleándose. Siguió sin rumbo fijo, dando traspiés por los caminos y encrucijadas por los que caminaba. Se cayó varias veces y su afán por la vida lo hizo levantarse. Luego siguió hasta llegar a una pradera regada por las subidas de las mareas en la que se formaba una especie de estanque. En el lugar había un bote en medio del paisaje que parecía sacado de una postal. El panadero se metió dentro y se acostó para quitarse la borrachera que llevaba encima y al estar tumbado el sueño lo venció.

En la pequeña barca se liberó durmiendo de lo que en la vida real reprimía. Por primera vez, sintió el agradable calor de Antonia a su lado. Su mujer se acurrucaba en su pecho, para que él la resguardara de todo peligro, ofreciéndole la ternura que había almacenado durante años únicamente para dársela a ella. Luego, los dos se agarraban de la mano y caminaban por encima del agua del mar sin hundirse.

Mientras el panadero soñaba con su mujer, la casa de esta se llenaba de vecinos que querían ver a la recién nacida. Muchos se acercaban por sincera amistad y otros se dejaban ver solamente por pura curiosidad, ya que por aquel entorno no solían ocurrir acontecimientos de esa envergadura.

Antonia no tenía más ojos que para su Josefina y notaba que, por fin, había encontrado la paz tras haber estado a punto de cometer una locura en su desesperación. Su madre atendía a las visitas y les informaba sobre el proceso del embarazo de su hija de la manera más adornada posible, pues los vecinos no debían pensar nada extraño de su familia ni tener un mal concepto de ella.

La suegra de Josefa tenía un saco de lana en el *faiado* que le había cambiado por patatas y cebollas a un tratante de feria y se había propuesto hilarla con la rueca que tenían en casa. Con los hilos bien formados que saldrían de la máquina, podría tejerle un jersey y una manta a Josefina. Ya se estaba imaginando cómo reaccionaría Antonia al recibir la sorpresa y lo que disfrutaría ella dándosela.

«Ahora que el regreso de mi hijo se retrasa por contratiempos que surgieron —pensaba la madre de Hipólito—, tengo que ocuparme de otras cuestiones no menos importantes. Todo a su tiempo. Aunque haya que esperar, se hará, porque la paciencia es una condición muy preciada y que todos deberíamos aprender».

No existía ninguna adversidad que anulara las esperanzas de esa diminuta mujer provista de ingenio y de buena voluntad. Así seguiría hasta el final de sus días. Pasaría con creces la centena y dedicaría aquellos años a preparar la casa para la llegada de su hijo.

Era muy temprano y Antonia estaba amamantando a la niña. De repente, se escucharon unos golpazos en la puerta que parecían debidos a una emergencia.

El padre de la recién parida fue a abrir, no sin antes preguntar de quién se trataba

—La Guardia Civil —contestó el agente—. Es urgente. ¡Abrid la puerta!

—¿Qué ocurre? —preguntó el dueño de la casa desconcertado al tiempo que abría la tranca.

—Traemos malas noticias —le comunicó el guardia—, se trata de tu yerno. Lo hemos encontrado en la laguna y siento tener que decirte que está muerto.

—¿Quéeeeee? —gritó el padre de Antonia—. Eso no es posible. No está enfermo.

—No se trata de enfermedad —informó el agente—, le ha ocurrido algo, pero no se sabe que ha sido. Hay mucha sangre, el médico ya está avisado y va en camino.

—Yo también voy para allá —dijo el suegro del panadero—, salgo con vosotros ahora mismo. Ya informaré a mi hija y a su madre cuando sea preciso.

Don Cipriano examinó el cadáver y llegó a la conclusión de que el marido de Antonia había sido asesinado con un cuchillo de los que se usaban para matar a los cerdos. La profundidad y anchura de la herida lo revelaba. Ese tipo de cuchillos eran muy escasos en la comarca por su elevado coste y solamente los tenía la persona que se encargaba de la matanza, pero nadie en la aldea hacía esa labor. Al panadero le habían cortado la arteria femoral a la altura de la ingle y se había muerto desangrado.

—Don Cipriano, cuénteme, ¿qué le ocurrió a mi yerno? —preguntó el suegro del panadero, acercándose al cadáver y al médico.

—Un perro lo atacó y le destrozó la arteria femoral —informó el médico.

—¿Dónde está el perro, doctor? —quiso saber el suegro del difunto.

—Nadie lo sabe —respondió don Cipriano.

—Quiero ver la herida —exigió el padre de Antonia.

Después de observar la gran lesión, se dio cuenta de que el corte que tenía delante era hondo, recto y limpio. No había ni la más mínima huella de dientes en la ingle del finado.

—Esto no es lesión de perro, don Cipriano —exclamó el hombre perplejo, pues era uno de los pocos que se atrevía a llevarle la contraria a los pertenecientes a un rango superior.

—Tienes razón —contestó el médico muy serio—, se trata de algo mucho más grave, pero he pensado que podríamos dejarlo así. Teniendo en cuenta todo lo que ha sufrido esta nación y los problemas que todavía siguen existiendo, me ha parecido que sería de gran ayuda para todos simplificar las cosas. Además, ya sabes que tu yerno no era un santo. Vete tú a saber en que lío se habrá metido para que su vida haya acabado de esta manera. De arreglarlo con los guardias me encargo yo. A ver, ¿lo tomas o lo dejas?

—Lo tomo —contestó el padre de Antonia, pensando en su hija.

Al cabo de unos minutos, se acercó a sus consuegros que estaban destrozados por la pérdida de su hijo y se quedó con ellos, intentando consolarlos. Ninguno de los dos había querido ver con sus propios ojos la causa de la muerte de su descendiente, pues la impresión podría llegar a ser demasiado fuerte. Creyeron ciegamente en la palabra del hombre de ciencia como solía ocurrir en las sociedades en las que solo uno destacaba como tal. Luego se fueron a su casa con el corazón destrozado para preparar el velatorio de su hijo.

Antonia no se inmutó con la trágica noticia, porque estaba embelesada con el vínculo que había formado con su hija. Josefina seguía feliz colgada del pecho de su progenitora y atestada de moratones, que seguían siendo visibles para todos, menos para su madre que había dejado de percibirlos.

La suegra del fallecido no acababa de creer que la tensión acumulada durante años a fuerza de ver a su yerno podría aligerarse a partir de ese momento.

Josefa fue la primera en aparecer en el velatorio, para comprobar que realmente era el cuerpo del panadero el que yacía en el ataúd.

Los padres de Juanito, acostumbrados a reprimir lo que sentían, entraron en el cuarto para despedirse del difunto. Incluso le dieron el pésame a toda la familia.

El Poeta llegó acompañado de su mujer y sin ningún indicio de rencor hacia el finado, pues ese sentimiento era ajeno a su persona.

El fascismo caía sobre la nación con el peso del acero. Los aldeanos, como otros muchos habitantes del país, seguían moviéndose con temor y aprensión. Eran como animales huidizos que olían el peligro antes de que se les acercara.

La aldea de ciento veinte vecinos empezó a respirar después de la muerte del panadero, ya que una pizca de libertad fue asomándose con sigilo hasta instalarse en cada uno de ellos. Eso les permitió que aumentara su confianza y seguridad.

La *lareira* de Josefa volvió a abrir las puertas a quienes quisieran entrar y la unión a ritmo de pandereta, lírica, juegos de cartas y aguardiente llenó de ilusión las noches de los habitantes de aquel minúsculo rincón pontevedrés.

Antonia y su madre no faltaban a los encuentros que tenían lugar alrededor del fuego. La viuda del panadero se sentaba con Josefina en el regazo y escuchaba los poemas del Poeta. El enamoramiento que había sentido en otras épocas de su vida por el autor de versos había cambiado de destinatario. Ahora se concentraba solo en su hija. Se había convertido en la fiel admiradora de la nena a la que no dejaba de contemplar y que seguía siendo el mismo ser humano que había salido de su cuerpo con la piel cubierta de magulladuras que ella misma le había provocado para librarse de ella.

El padre de Antonia había renunciado a su papel de severo padre de familia para transformarse en un abuelo afectuoso y cercano. A veces, le gustaba acompañar a su mujer e hija a las tertulias en casa de Josefa y disfrutaba observando todo lo que su nieta aprendía a fuerza de descubrir e inspeccionar su entorno.

La madre de Hipólito solía ofrecer a sus invitados café, que era el lujo más caro al que cualquier persona en tiempos de posguerra podía aspirar. A pesar de todo, nadie se sorprendía de la cantidad de cosas que salían de las manos de la pequeña mujer, pues todos conocían su buen manejo con el trueque y el trapicheo. Los vecinos en sus casas tenían que conformarse con tomar achicoria y lo único que podían hacer era soñar con que sus gargantas fueran bendecidas por el preciado líquido oscuro.

—Tengo algo que conseguí y me gustaría compartirlo con todos esta noche —dijo la suegra a Josefa.

—Me parece que estás exagerando —contestó la nuera algo irritada, mientras se secaba las manos mojadas a su bata—. El jamón es muy caro y es mejor que lo guardes para nosotros. Nadie en toda la comarca consigue curar ningún jamón por la humedad que hay cerca del mar. Así que el pernil viene de lejos, en concreto de las montañas; seguro que has negociado con algún montañés. Esos tratos en los que andas, metida con gente desconocida, van a acabar causándonos problemas. No sabes que tipo de personas son ni lo que realmente quieren. A pesar de tanto engaño que hay por el mundo hoy en día, tú vas por ahí sola, regateando con el primero que aparece.

—Ay Josefa —exclamó la suegra—. No me vengas ahora con esos rapapolvos, no hago nada del otro mundo, solo busco remedios a nuestra miseria, sin meterme en ningún lío. No tienes que preocuparte por eso, pues nunca tuve ningún problema. Me gustaría ser agradecida con la vida, ya que me ha dado siempre oportunidades para seguir adelante. Deja que reparta con nuestros seres queridos y acuérdate de lo que siempre te digo, Josefa: cuanto más des, más recibirás.

—Siempre acabas saliéndote con la tuya —replicó la nuera confundida—. Con toda esa verborrea me atolondras. ¡Haz lo que quieras, a mí ya me da igual!

El Poeta estaba muy emocionado recitando unos versos sobre la reencarnación. Trataban de almas que se convertían en mariposas, en ángeles guardianes e incluso en estrellas fugaces que nos darían indicios de su presencia en el momento menos pensado. Siempre reconoceríamos al ser transformado a través de esas señales que nos enviaban, por lo tanto, era muy importante que viviéramos con entera atención a todo lo que nos rodeaba.

—Aquí os traigo la especialidad de la casa —rio la suegra de Josefa, interrumpiendo el poema—. Voy a ponerla en el medio para todos.

—¡Uy, no me lo puedo creer, esto sí que no me lo esperaba! ¡Vaya, vaya, qué maravilla! —dijeron todos al unísono al mirar la pata del cerdo en la mesa.

—¿Quién se atreve a cortar unas lonchas? —preguntó la suegra de Josefa con un enorme y reluciente cuchillo en la mano.

Al padre de Antonia se le abrieron los ojos como platos al ver aquella especie de sable en manos de la inocente mujer.

—¿De quién es ese cuchillo? —preguntó el dueño del aserradero asombrado—. Es un puñal especial para la matanza de cerdos e incluso de becerros. ¿Cómo es que tenéis vosotras un cuchillo así?

—Era de mi difunto padre, que en paz descanse —respondió la suegra de Josefa—. Mató cerdos de todos los parientes y vecinos antes de venir a vivir aquí. Este cuchillo nos quedó de recuerdo del finado. Solo lo usamos para lo que no se puede cortar con los pequeños. La mayoría del tiempo está guardado y mis bisnietos lo tendrán algún día de reliquia. ¡Ay, cómo pasa el tiempo!

El cuchillo relucía como un espejo y en el acero se quedaban reflejadas las llamaradas del fuego de la *lareira* encendida. El metal estaba preparado para decidir sobre la vida de los seres vivos. Asimismo, mostraba las caras de los presentes como si de un espejo se tratara. Tanta era su exactitud, que hasta cada uno podía observar su propia conciencia en la afilada hoja de acero.

El padre de Antonia observó que a Josefa, empezó a temblarle la mano derecha sin poder contenerla. Todos los que estaban sentados alrededor de las llamas se dieron cuenta y se fijaron en ella. Luego quiso levantarse para arrebatarle el arma de filo a su suegra de entre los dedos, pero las piernas no le obedecieron y tuvo que seguir sentada.

—No tenía ni idea de que un hombre de vuestra familia se hubiera encargado de las matanzas —exclamó el padre de Antonia atónito—. ¡Quién me lo iba a decir a mí! ¡En la vida me lo hubiera imaginado! ¡Estoy sin palabras con lo que acabo de descubrir!

—Señor mío, tampoco es para tanto —dijo la suegra de Josefa algo extrañada—. ¿Acaso te parecía mi padre incapaz de hacer ese tipo de trabajo? Siempre fue un valiente y se enfrentaba a lo que le pusieran delante. Tenía agallas para todo. Bueno, en realidad como todos los de esta familia.

—En eso te doy la razón —contestó el suegro del difunto pensativo, confuso, perplejo, inseguro, desconfiado, preocupado y sin poder analizar con claridad lo que ocupaba su mente.

La mirada del padre de Antonia se clavó en la de Josefa y ella se la sostuvo sin apartar la vista del hombre que la estaba escudriñando. En el iris color azul oscuro de ella destellaban la abominación, la repulsa y el terror.

Al instante, el dueño del aserradero tuvo que apartar los ojos. El impacto recibido en ellos por la expresión de la mujer que tenía enfrente actuó como una espada clavada en una llaga abierta. Luego se quedó medio baldado para el resto de la noche.

El Poeta era el encargado de cortar el pernil con el cuchillo firme, potente, pulido y bien afilado que el suegro del finado miraba sin poder ver. Su estado de ánimo había caído en picado tras revelarse ante él un hecho de semejante magnitud. Mientras tanto, la madre de Hipólito les servía a cada uno vino de la casa para brindar.

Por encima de todo estaba el valor de la solidaridad entre los lugareños, entendida como apoyo incondicional y una fuerza capaz para justificar cualquier acto.

Capítulo 15

La muerte de Hipólito se fue alejando a pasos agigantados del presente. Habían pasado ya once años desde su desaparición y aunque Alfonsina había compartido con él una década de su vida, había conseguido superar su pérdida. Solo de vez en cuando recordaba los días de pena, cuando se acercaba al muelle de la Guaira y se fijaba en la roca que había causado su muerte. La piedra continuaba allí erguida, orgullosa e impasible sin ningún tipo de compasión.

El capitán seguía desembarcando en cada puerto para luego continuar con su ruta. En las visitas a las bahías que aparecían en su recorrido por los mares del planeta había llegado a conocer a innumerables personas de todo tipo. Algunas se habían quedado durante algún tiempo, otras habían permanecido muchos años fieles a la amistad y las menos continuaron para siempre a su lado.

Entre los que escogieron unirse al capitán para no dejarlo nunca estaban los matrimonios que disfrutaban de ser padres gracias a la intervención del hombre de aspecto albino. En sus viajes siempre aparecía un gran número de niños, rodeando las embarcaciones y pidiendo limosna a la tripulación. Solo tenía que anclar el buque en los varaderos para que los infantes corrieran y luego se colgaran de los brazos de los marineros recién llegados para conseguir algo que llevarse a la boca.

El capitán, conmovido por esas escenas, ideó el plan de buscarles padres a esos huérfanos. Fue así como se convirtió en el eslabón que unía matrimonios estériles y menores abandonados a su suerte.

A veces visitaba a esas familias creadas por él y se emocionaba viendo cómo el destino de los seres humanos podía cambiar de una manera tan impredecible. Sin embargo, no estaba en sus manos salvar a todo el mundo y tenía que conformarse con lo que conseguía.

En las paradas obligatorias que tenía que realizar a lo largo de sus itinerarios marítimos, se alojaba en la mansión de Alfonsina, en el ala de las visitas. Se habían convertido en amigos y confidentes; eran dos espíritus libres que se brindaban confraternidad para luego distanciarse y encontrarse de nuevo.

Ella lo esperaba en el puerto de la Guaira con el fantasma de Hipólito levitando en la atmósfera. Luego se iban del brazo a la gran casa en las que las divisiones de hormigón de gravilla se encargaban de poner distancia entre los dos.

De esa amistad basada en la confianza, en la franqueza y en el disfrutar de la mutua compañía, tenía que generarse algo especial y así fue. Como resultado nació la obra de Alfonsina y Aron, pura creación suya y de nadie más.

Empezaron a construir en el huerto la casa que iba a albergar a dieciséis huérfanos. El capitán, sin duda, los conocería en sus viajes al desembarcar en los puertos.

La residencia sería muy parecida a la casa amarilla de Testigo Grande, de la que Alfonsina se había enamorado al verla. La luz tendría que entrar a raudales, creando el efecto de sentirse libres como si estuvieran siempre fuera. Incluso quedaría un buen trozo de terreno en el que construirían un parque infantil regado por los árboles que ocupaban el jardín.

Por desgracia, la lentitud de la obra era asombrosa a pesar de que Alfonsina ponía todo su empeño en que la terminaran pronto. Tenía que vigilar continuamente el desarrollo del trabajo sin descuidarse en absoluto y siempre había algo que los albañiles se pasaban por alto o decidían a su manera. Era bastante desmoralizante para ella ejercer el papel de capataza más de ocho horas al día.

La construcción se prolongó, ya que repetidas veces, tuvieron que derrumbar lo que ya habían armado y la edificación parecía no acabarse nunca.

Aunque Alfonsina tenía una personalidad luchadora y destacaba por su terquedad y obstinación, empezó a dejar el trabajo al que no le veía ningún logro.

Prefería concentrarse en otros asuntos que le causaran más alegría. Así que, cuando el capitán volvía, Alfonsina se iba con él y con sus hijos a Testigo Grande, donde pasaban mucho tiempo dentro y fuera de la casa amarilla.

Era una familia peculiar, en la que los miembros se habían elegido unos a otros en base a una conexión y a un entendimiento.

Con el paso del tiempo la amistad que había entre el lobo de mar y Alfonsina dejó de ser inocente y pura el día en que sus cuerpos se volvieron a encontrar como lo habían hecho en otra fase de su vida. La isla, que había sido la encargada de despertar el amor y el deseo en Alfonsina, volvió a hacerlo una vez más, uniéndola al capitán.

Al llegar a la casa colonial, el capitán dejó el ala de las visitas para pasar a ocupar el cuarto que se comunicaba con el de Alfonsina por medio de una puerta. Solo abandonaría el lugar en las temporadas de travesías.

Sin necesidad de hablarlo sabían que la relación entre los dos seguía basada en la amistad, pues por encima de todo imperaba la independencia de la que cada uno disfrutaba. También sabían que sus cuerpos se iban a entrelazar por las noches y muchas veces durante el día porque en su camaradería estaban incluidos ciertos derechos que solo a ellos les pertenecían.

A la orensana no le pasó desapercibido este cambio y eso la inquietaba.

—No te pido que me cuentes tus cosas —le informó a Alfonsina—, pero me gustaría saber cuál es tu verdadera relación con el capitán para ver cómo tengo que tratarlo. Estoy confundida con esta repentina nueva forma de vida que ahora tienes y debes comprender que, al estar aquí todos juntos, debo saber con quién vivo.

—Somos amigos, tía —contestó Alfonsina con tranquilidad—, como siempre, nada ha cambiado.

—Creo que no quieres contarme la verdad —contestó la orensana.

—Te lo acabo de decir —respondió algo cansada—. El capitán se mudó al cuarto contiguo al mío para poder juntarnos por la noches. Es más fácil que ir por los inmensos pasillos hasta encontrarnos, eso es todo. No hay nada más, tía. Sigue llamándolo de la misma forma que siempre has hecho.

—No comprendo nada —contestó la orensana con tristeza—, las cosas que tú haces siempre se escaparon de mi entendimiento y con eso debo vivir.

—Tengo que irme —exclamó Alfonsina apurando el paso— seguro que ya hay una buena cantidad de gente esperándome en la Taberna Gallega. Hoy me toca.

La orensana fue presa de la decepción una vez más. Los tabús y prejuicios, heredados de sus antepasados y de los que no conseguía desembarazarse, eran piedras en el camino y a menudo impedían la fluidez de afecto entre las dos mujeres.

Se fue con Remedios a la iglesia. Quería ver si por casualidad estaría su cura dentro, a pesar de no ser domingo.

Alfonsina estaba extremadamente liviana porque una vez más había descargado su fuerza acoplándose al cuerpo del capitán. Tras la unión con él siempre acababa sintiéndose tan ligera como una mariposa.

La residencia pensada para dieciséis huérfanos había quedado en el olvido. Ya habían pasado dieciocho años y cuatro meses, y nadie había conseguido terminar la obra. Los huecos de las puertas y ventanas estaban abiertos y carecía de tejado o algo que se le pareciera. Así que una gran cantidad de aves de todas las especies anidaban en cada rincón del armazón de la casa. Con sus cantos, graznidos, arrullos, chillidos y parloteos formaban una agrupación musical las veinticuatro horas del día. Aun así, los que allí habitaban no tenían problemas para conciliar el sueño, pues de todos es sabido que los humanos son animales de costumbres y tienen una gran capacidad de adaptación.

Llegó el día en el que el pelo que cubría las sienes de Alfonsina fue adquiriendo el color plateado que define a los sabios. En ese momento empezó a soñar repetidas veces con su finado y no entendía el significado del reiterado sueño porque ni en los tiempos de duelo le había ocurrido algo así.

Se fue al puerto de la Guaira con la esperanza de ver al difunto elevándose en el espacio para comunicarle algo. Estuvo sentada en la roca que causó la muerte de Hipólito desde el amanecer hasta que los pescadores guardaron las redes para irse a sus casas. Se mantuvo atenta a cualquier indicio o señal, pero no lo descubrió en el horizonte.

Las visiones nocturnas se repitieron innumerables veces en los tiempos venideros y Alfonsina se vio obligada a tomar cartas en el asunto porque su mundo onírico la tenía en vilo.

—Tengo que hacer algo —le comunicó Alfonsina a su amigo y amante—, no puedo seguir con esta incertidumbre y he llegado a la conclusión de que es necesario que conozca el pasado de Hipólito.

—¿Para qué? —quiso saber el capitán.

—Porque el finado quiere que lo haga —contestó ella—. Eso es lo que me dice mi instinto y es de lo que tengo que fiarme. Me da por pensar que mi difunto compañero quiere que conecte con sus orígenes y tengo que solucionar lo que está pendiente para que él pueda descansar.

—Yo no quiero descansar —exclamó el capitán—, necesito tener la seguridad de que mi vida palpita igual que mi corazón.

—Tú estás vivo, pero los muertos quieren reposar —contestó Alfonsina con expresión seria.

—¿Cómo piensas enterarte de la procedencia de Hipólito? —preguntó él con curiosidad.

—Muy fácil —dijo ella mirándolo a los ojos—. Iré a visitar el lugar donde nació.

Un amanecer, cuando el torrencial de lluvia amainaba, salió Alfonsina en un barco destino a España, en concreto al noroeste de la península, al puerto de Vigo.

Al timón del transoceánico iba él, su amigo, y con un papel primordial en su alcoba. El capitán estaba desesperado por acompañar a su amiga y movió todos los hilos que sus influencias le permitían hasta conseguirlo.

A pesar de su edad recibió la aprobación a la solicitud de capitanear el barco en el que Alfonsina iba a navegar durante más de un mes y con la noticia casi le dio un patatús de la alegría.

En su segunda travesía atlántica, los dos compartieron desde el primer día el mismo camarote sin tener que comprar el silencio de nadie. Alfonsina era la primera dama del barco y recibía un trato especial por parte de la tripulación e incluso de los viajeros. Debido a su porte y carisma también podía compararse a una primera sultana. La que había conseguido llegar a palacio para convertirse en reina con todos los honores que la acompañaban.

El viaje por aguas oceánicas duró lo que tenía que durar hasta desembarcar en el puerto de Vigo. Alfonsina caminó del brazo del capitán por el puerto, inspeccionándolo todo, sin querer perderse ni el más mínimo detalle. Aunque era como otro cualquiera, difería mucho de los demás por lo que representaba. Al fin, estaba respirando el mismo aire que había llenado los pulmones de Hipólito los primeros años de su vida.

Llovía a mares y los recién llegados no iban preparados para un aguacero de esas dimensiones. El paraguas que intentaban mantener a contra corriente, salió disparado como si de un cohete se tratara y los dejó a la intemperie luchando con su suerte. Pronto descubrieron un taxi en el que pudieron guarecerse y en menos de una hora estaba la pareja alojada en el mejor hotel de la ciudad, disfrutando de la suite principal. La gente adinerada tiene la habilidad de salir airada y aventajada de cualquier situación que se le ponga por delante por muy enrevesada que sea.

Alfonsina estaba muy impaciente por conocer el lugar en el que había vivido Hipólito. Desde el primer momento en el que pisó tierras gallegas se puso a indagar por las comarcas y parroquias. Buscó información en todos los ayuntamientos pertenecientes a Pontevedra que estuvieran a lo largo del río Couso. Sabía que el difunto era de allí porque su singular llegada a Caracas había ido acompañada de mucho alboroto.

El día que Alfonsina entró del brazo del capitán en la aldea de Hipólito y se encontró con Josefa en la puerta de su casa de labranza, sintió la pena en todo su ser. Las lágrimas se le deslizaban por el rostro, igual que la lluvia que no cesaba nunca en esa esquina de la tierra. Su intuición le había dicho quién era la mujer escuálida que tenía delante, pero no podía hablar porque su voz no le obedecía.

—Hola señora, ¿es usted la esposa de Hipólito Carballal Espasandín? —preguntó el capitán enseñándole una foto del difunto.

—Sí, soy yo —contestó Josefa conteniendo la respiración.

—No se asuste, solo queríamos conocerla —informó el capitán.

—¿Pero quiénes son ustedes? —preguntó la viuda de Hipólito, aunque su sexto sentido ya le estaba dando la respuesta.

—Yo soy la mujer que convivió con Hipólito —explicó ella con su manera de hablar sin preámbulos, que para algunos semejaba a una provocación.

—¿Dónde está mi marido? —preguntó Josefa, pues el deseo de saber de Hipólito era más fuerte que la rabia que estaba sintiendo por la espléndida mujer que tenía ante sus ojos.

—Hace unos años que se murió —informó Alfonsina sin aparente emoción en la voz.

—Tengo que entrar —dijo Josefa en tono tajante—. No tengo tiempo para charlas. Adiós señores.

La madre de Andrea y Pepe se dio la vuelta enfundada en su bata gris y rota. Cerró la puerta con la tranca y se fue a su cuarto a llorar como hacen todas las mujeres cuando se quedan viudas.

Alfonsina, ataviada con un conjunto marrón y una blusa blanca que realzaban su distinción nata, se dio cuenta de su forma inadecuada de presentarse. Por primera vez en su vida, la sensación de vergüenza se apoderó de ella y quiso irse rápidamente.

Los días que siguieron los dedicaron a visitar lugares que se suponía que estaban relacionados con Hipólito. No se atrevieron a acercarse a la aldea ni a los vecinos por respeto a Josefa. Iban transcurriendo semanas y la situación no cambiaba, pero Alfonsina sabía que su tarea no había terminado, por eso aún no podía abandonar el lugar. Volvió a soñar con su finado y en las imágenes vio a Hipólito golpeando puertas que no conseguía abrir porque su mujer las había cerrado con llave. Se reincorporó en la cama sudando y observó al capitán a su lado durmiendo. Se levantó, se acercó a la ventana y escuchó el sonido de la lluvia en la oscuridad de la noche.

»¿Sería que en ese lugar el agua que volcaban las nubes formaba parte del paisaje? ¿Sería el interminable llanto de las viudas?»—se preguntaba Alfonsina con la melancolía que se adueñaba de los habitantes de esas tierras.

No pudo dormir las horas que faltaban para el amanecer. Justo antes de que los empleados del hotel les llevaran el desayuno, supo lo que tenía que hacer. Por fin, tenía la llave para poder ayudar a Hipólito a descansar donde quiera que se encontrara. Se sentó en el escritorio de madera de castaño y mármol e hizo un boceto para la carta que le mandaría a la viuda.

Hacía muchos años que Josefa no había tenido correspondencia. El último escrito recibido había sido el que acompañaba los paquetes de la barba de su marido que Aniceto le mandaba. De repente, estaba con el sobre en la mano que la mujer de Teodoro le había dado y sin saber qué hacer con el papel.

Se metió en su cuarto y se quedó dentro durante horas para poder asimilar y digerir lo que la distinguida mujer le había escrito. Por fin, sabía cómo había sido la vida y la muerte de su marido. Ahora tenía que recuperarse de ese nuevo trance.

Tardó muchos días en contárselo a su hija, Andrea, que vivía en su casa con su marido e hijos. A la madre de Hipólito decidió no informarla porque sus oídos se iban a negar a escuchar la trágica muerte de su descendiente.

—Hay que ir a buscar a esa mujer, mamá —dijo Andrea—. Tenemos que agradecerle que haya venido desde tan lejos para conocernos e informarnos de lo que ha sido de papá. Es mejor saber la verdad por muy dura que sea.

—No sé yo cómo vamos a traerla aquí de nuevo —contestó Josefa un poco nerviosa—. Tienes que entender que era la querida de tu padre. Vamos, que no sé ni cómo tratarla. No me puedes pedir que seamos amigas.

—Ella no hizo daño a nadie y papá tampoco —opinó Andrea—. Al final hasta tenemos que darle las gracias por haberse ocupado de él y haberlo hecho feliz.

—De eso ya no estoy tan segura —dijo la viuda un poco nerviosa—. Yo no puedo recibirla con honores. Sufrí muchísimo por el desconocimiento del paradero de tu padre, por la incertidumbre, y ahora por su pérdida. ¡Que nadie me pida nada más!

—Mamá —suspiró la hija —no te pongas así. Esa mujer no es una enemiga. Ella también padeció. Perdió a su compañero.

—No me compares —exclamó la madre con amargura—. Éramos una familia. De repente, nos quedamos solos en el horror de la guerra, con el miedo y la miseria hasta el cuello. Esa mujer vivió en la abundancia en todos los sentidos. Tu padre la colmó de atenciones en los mejores años de su vida. Es algo que salta a la vista.

—¡Deja de opinar sin saber nada con seguridad! —dijo Andrea con firmeza—. Tengo el derecho de conocerla y le voy a escribir una carta para que venga aquí.

—No sé yo si... —quiso opinar Josefa.

—¡Dame la dirección del hotel donde se hospeda! —ordenó la hija.

Josefa fue arrastrando los pies hacia su cuarto y con lentitud cogió la carta en la que estaban escritas las señas del hotel donde se alojaba Alfonsina. No tenía ganas de nada y menos de entablar amistad con una mujer que había llegado a su vida como un volcán, golpeándola con noticias que la habían dejado derrotada. Le entregó a su hija lo que esta le había pedido y se encaminó hacia las tierras cubiertas de plantas de maíz. Estuvo toda la mañana tapada por el maizal. Con los brazos descarnados, cavaba el suelo llena de fuerza para que la tensión acumulada saliera por alguna parte.

Alfonsina se vistió para volver a la aldea de Hipólito. Esa vez iría envuelta en la absoluta simpleza. La verdadera viuda era la personificación de la entereza, de la lucha por la supervivencia y del matriarcado. Josefa estaba por encima de toda superficialidad y en su mundo no había cabida para el atavío ni nada que se le pareciera. Alfonsina había decidido no desentonar en el entorno del difunto.

La espléndida mujer entró en la casa de labranza y esa vez no iba del brazo del capitán, sino sola, porque era una diligencia que únicamente a ella le concernía. Andrea se acercó a ella y la invitó a pasar. Entraron en un comedor con una mesa muy grande a la que se sentaban nueve miembros de la familia. No estaba ante personas abiertas ni sociables, sino todo lo contrario. Eran hospitalarios, pero mantenían la distancia con una buena dosis de desconfianza.

Alfonsina nunca hubiera imaginado que Hipólito formara parte de un mundo tan misterioso y reservado. Andrea era la que más se esforzaba en comunicarse con la invitada. Le preguntaba sobre su vida en Caracas. También se interesaba por su familia en Sicilia con la que Alfonsina solo tenía contacto por medio de cartas extensas que a veces se extraviaban por el camino.

Josefa estaba pensativa y en el fondo de su ser admiraba y envidiaba a la extraña que había compartido años de opulencia y placer con su Hipólito.

La madre del finado, añeja y cansada de tantos acontecimientos vividos, seguía a la espera de que su retoño entrara en cualquier momento por la puerta.

Alfonsina se sintió observada por todos ellos, pero la mirada de una mujer joven la sorprendió de una manera alarmante. Los ojos de Otilia, la hija de Pepe, se habían posado en ella y la escrutaban, creando una sensación de tensión y pesadez en el ambiente.

Cuando se despidieron, Alfonsina ya sabía que no volvería a aquel lugar. Sus ciclos habían desaparecido, pero seguía teniendo la intuición suficiente como para poder percibir la oscuridad que se estaba avecinando. No estaba desencaminada, ya que la nieta de Hipólito tenía un mar de sentimientos oscuros acumulados en alguna parte de su ser que pronto se dispararían con toda su fuerza.

—Las cosas no pueden quedarse así —repitió Otilia una vez más en casa de sus padres—. Esa mujer está disfrutando del capital del abuelo y nosotros no recibimos nada. Hay que sacarle información porque creo que está podrida de dinero.

—¡Deja eso! —dijo Lola, su madre, cansada y enferma de las luchas diarias con su hija.

—No, no, de eso nada —contestó Otilia llena de fiereza—. Aquí hay algo que no cuadra y eso lo voy a descubrir.

—¿Por qué no haces algo de tu vida? —le aconsejó la madre—. Puedes encontrar a una persona que te quiera o intenta aprender algún oficio, ya tienes veintiún años. ¡Olvídate de lo inalcanzable!

—¿Qué dices? —gritó Otilia—. No podemos renunciar a una fortuna. Tú no tienes ni idea de nada.

—¡Deja de querer alcanzar lo imposible! —respondió su madre con amargura.

Otilia no escuchaba a nadie porque ya estaba con el pensamiento muy lejos, visualizándose a sí misma con un gran poderío. Sentía un placer inmenso al imaginarse ensalzada y admirada por todos. El anhelo de poseer bienes materiales la cegaba y maquinaba todo tipo de argucias para alcanzar sus metas. Decidió ir al hotel de Alfonsina con la excusa de visitarla para conocerse mejor y se presentó de la manera más inesperada. Iba enfundada en su mejores ropajes y adornada con todo el peso de las alhajas que había sacado de su joyero para impresionarla.

Otilia era de estatura muy baja y de diminuta cabeza. Para parecer más alta, se ponía una diadema que semejaba a la de las damas de alta estirpe y que su bisabuela había adquirido a cambio de una docena de huevos en los tiempos de racionamiento. Se trataba de una pieza forrada de azabache y piedras de luna. Con el ornamento colocado con mucho esmero en su pelo, sentía que crecía en altura, linaje y abolengo. Por eso la llevaba puesta cuando entró en la recepción y preguntó por Alfonsina.

—Otilia, ya sabía que eras tú —le dijo francamente al recibirla en el hotel.

—¿Ah, sí? —respondió Otilia con desconfianza—. ¿Me has visto desde la ventana?

—No, no es eso —rio Alfonsina—, creo que se trata de un sexto sentido.

—¡Qué cosas! —rio también Otilia.

—¡Sube, por favor! —ofreció Alfonsina—, no te quedes aquí.

Al llegar a la suite Otilia dio un paso hacia adelante. Observaba disimuladamente, conteniendo la respiración. No quería que Alfonsina notara el impacto que le había producido el lujo que la rodeaba y la envidia que estaba creciendo en su interior. Intentaba llamar su atención, haciendo sonar la hilera de pulseras que llevaba puestas y tocándose la diadema. Además se colocaba una y otra vez los anillos para que Alfonsina reparara en ellos.

Otilia se dio cuenta de que el tintineo del oro no hacía mella en la mujer llegada de la lejanía y echó mano de otros recursos para impresionarla.

—Mi padre y yo estamos pensando ir a Caracas —dijo la joven con astucia—, queremos ver dónde vivió el abuelo. Además, también nos interesa conocer su empresa.

—Pues avisadme cuando sepáis la fecha. Toma mi dirección y, desde luego, estáis invitados a mi casa —contestó Alfonsina, escribiendo su dirección en un papel y dándosela a Otilia.

—Supongo que tu casa también será de mi abuelo —dijo Otilia, mirando fijamente a Alfonsina mientras cogía lo que ella le daba.

—Sí, también era de Hipólito y de sus hijos adoptivos —contestó Alfonsina sin darle mucha importancia al hecho de que existieran dos herederos más.

Otilia se sorprendió, pero no quiso seguir preguntando. Ese día no estaba preparada para llevarse más sorpresas. Se despidió de la extranjera y se fue a su casa. Ya había decidido comprar dos billetes de avión a Caracas con el dinero de sus padres.

—Pepe, ve a buscar el dinero al banco —le dijo Lola a su marido—. No puedo seguir escuchando los gritos de esta hija.

—Estoy harto de gastar tanto con ella —se quejó Pepe—. No tiene control de nada. Nos pasamos la vida renunciando a todo para ahorrar algo y ahora se tiran los billetes por la ventana.

—Haz lo que te digo —sollozó Lola—, y dejadme los dos en paz.

Pepe obedeció y cuando Otilia tuvo el dinero en la mano, salió corriendo y volvió con una rapidez asombrosa con los pasajes de avión para ella y su padre sin haberse molestado en consultarle antes.

Iba a ser una tarea fácil llevar a Pepe de acompañante. Su trabajo de taxista le permitía cierta libertad de la que disfrutaba muy poco o casi nada porque trabajaba todo el día y gran parte de la noche para que las pesetas llegaran a acumularse en su casa y en el banco.

«Ya era hora de cambiar eso«, pensó Otilia.

Tanto ella como Lola lo obligarían a subir al avión porque las dos tenían razones poderosas para hacerlo viajar. Otilia actuaba movida por la tremenda codicia y Lola solo quería estar tranquila.

Las dos mujeres crearon para la ocasión un lazo resistente que Pepe fue incapaz de romper. No le quedó otra más que rendirse ante la impotencia, aceptando la familia que había escogido.

El día que salió el vuelo y Lola se despidió de ellos, se sintió la mujer más feliz del mundo. Por fin podía atender con serenidad la tienda de comestibles que regentaba y vender amablemente los productos a granel que los parroquianos compraban por libra o cuartillo. Así descansaría del agotamiento que Otilia le provocaba.

Padre e hija llegaron mucho antes a Venezuela de lo que lo hicieron Alfonsina y el capitán. El romanticismo que reinaba en las grandes embarcaciones de hombres enamorados al timón no era del interés de Otilia. Ella era práctica y la espera no entraba en sus planes, porque quería llegar con rapidez a su destino y hacerse lo más rápido posible con su gran caudal hereditario.

«Deseo con todas mis fuerzas despojar a esa usurpadora extranjera de lo que a mí me pertenece —pensó la hija de Lola y Pepe—. No tiene ningún derecho, no es la mujer de mi abuelo. El patrimonio vendrá a mí que es donde debió estar siempre».

Capítulo 16

Al bajar del avión en la capital venezolana, cogieron un taxi y se fueron directamente a la mansión de Alfonsina. En la puerta de la casona los recibió la orensana que llegaba de la misa con Remedios del brazo.

—¡No me lo puedo creer! —sollozó la ya anciana mujer de la tierra de los afiladores con la mano en la boca—. ¡Que tenga delante al hijo y a la nieta de mi paisano! ¡Ay, Virgen de los Milagros, que no me esperaba esta gran alegría! ¡Ay, Señor, Señor! ¡Dejadme que os abrace!

Pepe se acercó a la mujer con lágrimas en los ojos y se dejó estrechar por ella. El hijo de Hipólito, sin gracia ni nada que se le pareciera, semejaba a un saco a punto de desplomarse. La orensana, bañada en lágrimas, lo agarraba fuertemente como si quisiera rescatarlo de su inseguridad.

Otilia mantuvo las distancias y solamente le dio dos besos por educación, pues le encantaba aparentar que tenía modales. La tía de Alfonsina estaba tan impresionada con la visita que ni cuenta se daba de la mirada desairada de la nieta de Hipólito.

Ya dentro, les enseñó las posesiones de Alfonsina y los condujo al ala de los invitados.

—Nosotros somos de la parentela —dijo Otilia con firmeza—, no tenemos que estar en el lugar reservado para las visitas.

—Pero *rapaza* de Dios —replicó la orensana—, aquí vive Alfonsina y el capitán. Los hijos de mi sobrina vienen a veces con sus familias. Además estamos nosotras y mi marido; todos necesitamos un poco de espacio.

—Alfonsina y el capitán llegarán dentro de un mes —contradijo Otilia—. Por lo tanto, hasta que vuelvan nos vamos a quedar en este lado y luego ya veremos.

La orensana la observó en silencio al tiempo que miraba a Pepe que bajó la cabeza avergonzado. Padre e hija se instalaron en las habitaciones de los hijos de Alfonsina. Otilia estaba impaciente y al día siguiente se levantó temprano para ir al centro de la capital, donde compró una buena cantidad de ropa exclusiva para desafiar a todo habitante que se cruzara con ella. Al anochecer volvió en taxi a la mansión, imitando a las divas que había visto en la prensa rosa.

Pepe dormía sus siestas sagradas una buena parte de la tarde, pero le habían enseñado la Taberna Gallega y estuvo casi todo el día muy animado con sus paisanos.

Al anochecer Otilia fue a buscar a su padre al negocio de los orensanos y quedó muy conforme al verlo allí. Se entretenía con su gente y no tenía que llevarlo a todas partes. Solo lo buscaría, cuando lo necesitara para gestionar trámites. Con su presencia y su manera de actuar, la hija de Pepe daba la impresión de ser una faraona que se había confundido de lugar y andaba en busca de Alejandría por las calles de un país de la Guajira.

Cada vez que salía llevaba la diadema puesta, ya que para ella todos los días se habían convertido en ocasiones especiales, pues nunca sabía lo que podría presentarse en su camino y por ello tenía que estar preparada para encuentros fortuitos. Pronto se dio a conocer en toda la ciudad por su insistencia, su altanería y su carácter colérico, pues iba de una oficina pública a otra para demostrar que su progenitor era hijo de Hipólito, pero por infortunios de la vida no lo conseguía; la partida de nacimiento de su abuelo, que ella había traído de España, no coincidía con la que él tenía en Venezuela.

Hipólito había huido de su país y había llegado al puerto de la Guaira sin nada que lo identificara. Por ello, el negociante ricachón que le dio trabajo, tuvo que recurrir a la obtención de documentos con métodos poco ilícitos. El millonario era hombre de la noche y llevaba una vida poco recomendable, seguramente debido al alcohol o a alguna sustancia peor, se habría equivocado en la fecha de nacimiento y en algunos datos más. Aparte de eso, había una certificación que acreditaba la existencia de dos hijos adoptivos, pero no constaba ningún otro vástago.

Otilia llegaba todos los días destrozada a la Taberna Gallega para buscar a su padre y descargaba su furia contra él sin una pizca de consideración. En esos momentos desaparecían sus deseos de engrandecimiento y la diadema descansaba en la oscuridad de su bolso.

En realidad, Pepe solo quería pasárselo bien charlando, comiendo, bebiendo y fumando con sus paisanos. Siempre que sentado a la mesa de la Taberna Gallega levantaba la vista y veía a su hija enfrente se le caía el mundo encima.

En la casa colonial habían cambiado las cosas. La orensana y Remedios se sentían extrañas y a disgusto, porque

Otilia ocupaba su lugar y el de los demás. También llevaba siempre un rastro invisible con ella, comparable a una especie de halo molesto e irritante. Aunque nadie lo había diagnosticado, parecía que la adoración que se tenía a sí misma había desembocado en un narcisismo crónico que se había adentrado en su persona y no la abandonaría jamás. Como señal de ello, destacaba el olor a narcisos que casi siempre iba dejando a su paso, incluso a kilómetros de distancia. Sin embargo, no se trataba del aroma delicado y suave de dichas flores, sino que su intensidad desproporcionada semejaba al olor penetrante de un perfume pesado adherido a la piel y al cuero cabelludo. Hasta los pájaros que habitaban en la obra interminable del jardín salieron volando y no regresaron. Tampoco ellos soportaban el aura espesa que despedía la hija de Pepe.

La desesperación de Otilia iba en aumento y ya no había vuelta atrás. No le importaba nada más que conseguir lo que se había propuesto y estaba dispuesta a todo. Pepe había viajado con sus ahorros por lo que pudiera pasar y ahí estaba su salvación, pues ella era la primera en tener acceso a la maleta con el capital. Solo tenía que abrirla.

Otilia se ataviaba con la mejor indumentaria que compraba en la capital y también lejos de ella. Se adentraba en mundos que no conocía y ofrecía bolívares a manos llenas para que todos se rindieran a sus pies. Le encantaba el poder que le transmitía el vil metal y se había propuesto salir del país como una vencedora.

Como era de esperar, Alfonsina llegó un buen día de regreso de su largo viaje con las emociones del primer amor a flor de piel. En su viaje transatlántico había recuperado los primeros años de juventud con el capitán y el enamoramiento que sentía era tan intenso que incluso le dolía.

Al entrar en su casa, percibió la presencia de Otilia sin haberla visto. Su aureola estaba por todos los rincones y pesaba como el metal en un hogar que había destacado por su sutilidad.

Lo primero que hizo Alfonsina fue ir en taxi al puerto de la Guaira e intentar comunicarse con Hipólito.

Los sueños con el difunto habían cesado. Eso le daba a entender que posiblemente hubiera encontrado la paz que necesitaba, donde quiera que estuviera. A pesar de todo, tenía que cerciorarse y comprobar si el finado le quería mandar alguna señal desde el lugar que lo había visto morir. Se sentó en la roca verduga que seguía erguida como en sus mejores tiempos y estuvo esperando a que Hipólito le diera alguna pista. No sucedió nada y entendió que él había encontrado lo que necesitaba. De todas formas no quiso preocuparse más y salió de allí aligerada de peso, queriendo pensar que había valido la pena el viaje a tierras extrañas. Aquellos lugares dominados por las trombas de agua, los chaparrones y los aguaceros marcaban el entorno con pinceladas de nostalgia que todos llevaban en sus semblantes. Incluso ella se había dejado llevar por ese estado anímico que la había acompañado en su trayecto hasta la Guaira.

—*Rapaza niña!* —exclamó la orensana—. ¡Cuánto te eché de menos y cuántas ganas tenía de verte!

—¡Querida tía! —rio Alfonsina—. ¡Ven aquí, déjame que te abrace con todas mis fuerzas!

Se apretaron formando un todo en el que los cuerpos se entrelazaban y se confundían uno con el otro sin que se pudiera distinguir la existencia de los dos por separado. Luego la orensana informó a su sobrina sobre las novedades que acontecieron en su casa. Para su sorpresa, Alfonsina no dio ninguna señal de asombro, pues parecía estar enterada de todo.

Los negocios de las minas de mármol y alabastro seguían siendo muy fructíferos gracias a la entrega en cuerpo y alma del orensano. A esto había que añadir la incorporación de los hijos de Alfonsina a la empresa familiar. Ella había decidido volver a la carga con el antiguo plan de terminar la obra del jardín, destinada a huérfanos. Los pájaros habían desaparecido, ahuyentados por el aura de Otilia y los vestigios de vida se habían ido con ellos. Los árboles habían dejado de florecer y lo único que marcaba el ambiente era la sombra de los cipreses. Había llegado la hora de crear algo nuevo. Era necesario rellenar el vacío que en otros tiempos había sido un deseo cargado de ilusión.

La hija de Pepe intentaba tener todo bajo control. No podía arriesgarse a que en su ausencia pasara algo con lo que ella no contaba y por eso tenía que darle a su padre instrucciones.

—Papá —dijo Otilia—, acuérdate de que siempre debes ir y volver a la misma hora a la Taberna Gallega. Tienes que tener una rutina, pues es muy importante para ti. Apréndetela y no la olvides nunca. Además, es necesario que sepa dónde estás para que no me preocupe. Ya sabes que tengo muchísimo que hacer y no me puedo partir en dos. Estoy esforzándome al máximo para conseguir lo que a nuestra familia por derecho le pertenece y no puedo estar contigo.

—Claro, hija mía —decía Pepe, animado por poder estar libremente en la taberna con sus paisanos—, Yo estoy muy bien y aquí me siento casi como en casa. Tú haz lo que tengas que hacer y que Dios te lo pague.

—Te voy a acompañar hasta la parada —informó la hija—, quiero que vayas siempre en taxi. No vamos a escatimar en dinero ahora que la vida nos va a sonreír. Tira el cigarrillo antes de entrar porque puedes quemar la tapicería del coche.

Otilia metió a su padre en el vehículo en el que el taxista lo estaba esperando y se fue zarandeando el cuerpo como una actriz cómica enfundada en su glamour.

Su presencia llamaba la atención en cualquier lugar en el que se encontrara. También era conocida en toda la ciudad por sus idas y venidas, no solo a las jurisdicciones, sino a otros lugares, especializados en el trapicheo de las leyes. Los habitantes de la capital venezolana pensaban que la joven llegada de tan lejos, era hija de un millonario que viajaba de incógnito. Se comentaba que el padre se escondía en la Taberna Gallega, rodeado de aldeanos detrás de un disfraz de hombre de campo.

Aquel día había una cola inmensa en la taberna de los orensanos que se extendía hasta las calles continuas. Alfonsina estaba enfrascada en su tarea y no levantaba su hermosa cabeza ni un segundo.

El proceso biológico por el que tiene que pasar todo ser vivo de género femenino no había hecho una excepción con

Alfonsina. Sus ciclos menstruales se habían ido distanciando unos de otros hasta desaparecer por completo y con ello también se habían ido sus dotes clarividentes. Sin embargo, gracias a su larga experiencia como vidente y asesora, y a un bien marcado sexto sentido, se había convertido en una experta en ayudar a solucionar problemas de la mente, las emociones, los sentimientos y otros muchos contratiempos que a los humanos les pueden surgir en su paso por la vida.

Alfonsina terminó su última sesión cuando ya todos los ciudadanos habían cenado y llevaban más de la mitad de la noche en sus camas. No reparó en el momento en el que Pepe había salido de la Taberna Gallega.

Al llegar a su casa y abrir la puerta, vio que estaban las luces encendidas. Había mucho alboroto y Otilia corría de un lado al otro. La orensana intentaba calmarla y Remedios las seguía a las dos en actitud de apaciguamiento, pero sin conseguirlo.

—Pepe no ha vuelto hoy del centro —dijo la orensana, mirando fijamente a Alfonsina—. Nadie lo ha visto. Lo hemos buscado por todas partes y es como si se hubiera esfumado de la faz de la tierra. ¡Que desesperación! La policía ya está avisada, pero no han encontrado ninguna pista. Todos los taxistas lo conocen, aunque hoy no lo ha visto ninguno.

—¡No puedo más! —lloró Otilia a gritos—. Se llevaron a mi padre. Este lugar está lleno de delincuentes. Papaíto solo quería reclamar el patrimonio que le pertenecía porque sabía que esa era la voluntad del abuelo. Lo único que hice fue luchar para que su deseo se cumpliera. ¿Papá, dónde estás? Nadie en este maldito lugar lo reconoce legalmente como hijo de

Hipólito y yo ya no sé a quién recurrir para batallar contra este mundo lleno de trampas.

—Pepe va a volver en buen estado —afirmó Alfonsina con seguridad—, pero quizás a ti no te guste el desenlace.

Las tres miraron a Alfonsina tan sorprendidas como si hubieran visto una aparición, ella las observaba fijamente con la percepción sensorial equiparable a la de un sabueso. En ese momento ya no necesitaba sus ciclos.

—¿Pero qué dices? —le reprochó Otilia con desdén—. ¡Estás loca! ¿Cómo pude venir a parar al lado de semejante gente? ¡Lo que tengo que oír! ¡Quiero a mi padre por encima de todo y lo único que me importa es que vuelva!

—No es necesario que te justifiques ante mí —contestó Alfonsina con serenidad—. No necesito conocer cuáles son tus sentimientos. Solo te he mencionado el presentimiento que tengo.

—A ti nadie te ha preguntado nada —le gritó Otilia—. Estoy harta de tus patrañas.

Alfonsina se retiró a su cuarto y se acostó en la cama en la que la estaba esperando el capitán durmiendo plácidamente como un niño inocente.

En los días que se sucedieron Alfonsina se entregó a la clientela que acudía a ella para aliviar sus penas y buscar soluciones a percances y desastres que requerían de su ayuda. Al terminar las sesiones, seguía con su elaborado plan de continuar con la obra que se había quedado a medias en su jardín.

Buscaba por todos los lugares personal de fiar que se comprometiera a realizar el trabajo hasta el final y de la manera que ella esperaba. Llegaba a casa muy tarde, mientras

Otilia, la orensana y Remedios seguían esperando la llegada de Pepe.

A las tres mujeres le sorprendía de una manera extrema el comportamiento de Alfonsina. Parecía que no le interesaba la desgracia que había caído en la familia de Hipólito. Otilia evitaba mirarla, porque el desprecio que sentía por la dueña de la casa, la consumía.

Cuando menos lo esperaban, surgieron algunas novedades que trajeron aún más intriga a la espera. Llegaron cartas informándolas del secuestro de Pepe y de la cantidad de bolívares que exigían para el rescate. Se hacía hincapié en que la hija hiciera la entrega completamente sola y que la policía no interviniera por el bien de todos.

—Tenemos que pagar el rescate, *rapaza* —decidió la orensana—. No podemos cargar con la muerte de este hombre a nuestras espaldas. Alfonsina, te veo muy desentendida del asunto y creo que debemos tener más humanidad con esta gente. No importa como sea Otilia. Ese no es nuestro problema. Nosotras somos diferentes y me gustaría que te involucraras más en ayudarlos, si es que no es mucho pedir.

—No va a morirse nadie, tía —respondió Alfonsina—, confía en mí. No hay nada que temer.

—¿Cómo puedes estar tan segura? —preguntó la orensana con evidente curiosidad—. No lo entiendo, de verdad.

—¿Te he fallado alguna vez? —replicó Alfonsina—¿Alardeé de algo sin tener la completa seguridad? ¡Responde, tía!

—¡Ay, *rapaza*! —exclamó la orensana con pena—. Si me lo pones así, ¿qué te voy a decir yo? Claro que no.

—Entonces, deja de preocuparte —sugirió Alfonsina—, esto se va a resolver prácticamente por sí solo.

—¿Pero cómo? —preguntó la orensana con desesperación.

—Aún no lo sé, porque ahora ya no soy vidente, pero tengo un presentimiento —respondió Alfonsina—. Solo te pido que tengas confianza.

—¡Que Dios nos ayude! —imploró la orensana, entrelazando los dedos y levantando las manos—. Falta poco para la fecha de la entrega del dinero.

Alfonsina tenía que pensar en la manera de encontrar el lugar donde estaba el hijo de Hipólito. Cogió las llaves de la Taberna Gallega y se sentó una noche entera en la silla que siempre ocupaba Pepe. Necesitaba tranquilidad y no quería que nadie la estorbara. Intentaba descubrir una señal y agudizaba los cinco sentidos para poder detectar algo en alguna parte.

No sirvió de nada y volvió a su casa tal y como había salido de ella, pero no se rindió. Se sentó de nuevo en la silla de Pepe la noche siguiente y las que le sucedieron, pero no valió de nada. No obstante, en un preciso momento, se fijó en un coche igual al de Hipólito que pasaba por delante de la taberna y pensó en el finado. Se quedó con esa imagen y regresó a su casa para dormir. Por la mañana, fue en busca del espíritu de Hipólito al que solo podía encontrar en el lugar en el que había fallecido. Se volvió a sentar en la roca despiadada que había matado a su compañero, y allí en el puerto miró hacia el horizonte. Cuando una gaviota volaba a ras del mar, le vino a la memoria la casa amarilla de Testigo Grande. Hasta le pareció verla reflejada en el agua, pero, aunque solo fuera un espejismo, tenía que comprobarlo.

Decidió ir a la isla porque allí podría haber algo que necesitara saber. Ya no había barcos que salieran y tuvo que intervenir el capitán. Desató una embarcación de su propiedad, que estaba varada, y embarcó con Alfonsina hacia Testigo Grande.

Cuando llegaron y se encaminaron hacia la casa amarilla, no vieron nada que les llamara la atención. Todo estaba igual. Inspeccionaron los alrededores y tampoco descubrieron ni la más mínima pista. Alfonsina siguió buscando señales en el aire, en el agua, en la arena... A fuerza de agudizar la vista, distinguió en el suelo de tierra detrás de la casa un paquete de cigarrillos vacío que pertenecía a una marca española que fumaba Pepe. La cogió, la olió y supo que era del hijo de Hipólito; el aroma del tabaco negro era inconfundible. Observó su entorno y no vio nada que pudiera orientarla. Caminó sin rumbo con el paquete de cigarrillos en la mano, mientras el capitán la buscaba, ya que la había perdido de vista. El olor de los cigarrillos que estaba esparcido en el aire era tan intenso que a Alfonsina se le había adherido a la piel. El sentido del olfato la fue guiando hasta que tuvo la seguridad de estar en el sitio correcto cuando avanzaba por un sendero apurando el paso. Al final del camino había un barco grande clavado en un terreno que parecía una vivienda. De allí salía humo y el olor que ya le era familiar le indicaba que solo podía ser del tabaco negro de Pepe. No necesitaba saber más y salió corriendo del lugar en dirección a la playa para buscar al capitán. Lo encontró hablando con unos pescadores cerca de unas rocas y al verla se acercó corriendo.

—¿Dónde has estado tanto tiempo? —preguntó preocupado—. Te he buscado por todas partes y ahora me puse a preguntar por ti a todo el mundo.

—Perdona, lo siento —contestó ella inquieta—. Acabo de ver el lugar donde se encuentra Pepe. Tenemos que ir rápidamente a la Guardia Nacional.

Salieron de la isla a una velocidad descomunal y cuando llegaron a la capital fueron directamente a la comisaría.

Los guardias llegaron en su barco a la isla acompañados del capitán y Alfonsina. Cuando estuvieron en el sitio señalado por Alfonsina, abrieron la puerta del barco de un porrazo y efectivamente allí se encontraba Pepe. El hijo de Hipólito estaba fumando como solía hacer la mayoría de las veces, menos cuando dormía. Su vicio desmesurado hacía que llevara siempre consigo paquetes de cigarrillos de repuesto que ahora le habían salvado la vida. A su lado había dos hombres que quisieron revelarse intentando agarrar sus rifles, pero no tuvieron los reflejos necesarios para actuar con rapidez.

Pepe estaba aterrorizado de miedo y Alfonsina lo abrazaba, intentando protegerlo. Los guardias se los llevaron a todos, los metieron en su embarcación y se dirigieron a Caracas. Después de atracar, fueron en coche a la comisaría y los secuestradores estuvieron días enteros haciendo declaraciones.

Pepe entró en casa con Alfonsina y la orensana saltó de alegría al verlo. Se enganchó a su cuello, agarrándolo con verdadera felicidad.

Otilia no dijo ni una palabra. Enmudeció por unos segundos y se quedó sin expresión en la cara.

—¿Quién era esa gente, papá? —preguntó Otilia enérgica—. Tienes que haber escuchado algún nombre. ¿Qué te dijeron?¿Dónde te secuestraron?

—A mí no me trataron mal —contestó el padre asustado—, lo único que querían era dinero. El taxista que me traía a casa era un cómplice y me llevó a un embarcadero en el que nos estaban esperando los secuestradores. Luego fuimos en barco a la isla y allí estuve unos días en el lugar donde me encontraron.

—¡Que locura! —exclamó ella con mirada desencajada—. ¿Dónde están ahora los delincuentes?

—En la comisaría —dijo el padre con satisfacción—. Les va a caer una buena. Van a pagar por esto.

—¿Cómo? —se extrañó Otilia—, yo creí que te habían liberado Alfonsina y el capitán. Todos estábamos de acuerdo en que no iba a intervenir la policía. Era una condición indispensable para que tu vida no corriera peligro.

—Yo avisé a la Guardia Nacional —informó Alfonsina.

—¡No me lo puedo creer! —gritó la hija de Pepe con ojos llenos de terror. Tú te atreviste a jugar con la vida de mi padre. ¿Qué libertades son esas? Tenías que salirte con la tuya metiendo tus narices en todo. Yo iba a resolver las cosas a mi manera. Se trata de mi padre; a ver si te enteras.

—¡No ha ocurrido nada malo! —exclamó la orensana con sorpresa—. Todo ha salido de la mejor manera y debes estar contenta. Tu padre está bien y eso es lo que importa. Hay que ser un poco agradecidos cuando la vida nos trata bien.

—No puedo escuchar ni una palabra más —manifestó Otilia llena de ira—, tengo que salir de aquí. ¡Papá, ven!

Padre e hija se fueron a los cuartos que ocupaban en el ala familiar de la casa de Alfonsina.

Al día siguiente pasó algo inesperado. Justo cuando salían los obreros del jardín entraban los guardias en la mansión. Tenían que llevarse a Otilia para prestar declaración por el secuestro de su padre. La hija de Pepe salió de allí protestando y amenazando mientras subía al coche patrulla.

—Conocí a Otilia en la parada de taxis —explicó el taxista—, me propuso un negocio que consistía en el secuestro de un señor. Me dijo que la familia rica a la que pertenecía pagaría una buena tajada. Soy padre con cinco bocas en casa y lleno de deudas, y me dejé llevar por la tentación. Les juro que no sabía que el secuestrado era pariente de Alfonsina, si no me hubiera negado rotundamente. Ella es muy conocida aquí y se ha ganado el respeto de todos.

—¡Este tipo está loco! —gritó Otilia en un intento de defenderse.

Los dos secuestradores eran unos ladrones especialistas en el hurto de todo tipo de motores que vendían en el mercado negro de los arrabales. Declararon lo mismo que el taxista con respecto a Otilia y no hubo letrado que la librara de ir a la cárcel.

Pepe se quedó desolado y no quería salir de su cuarto. Había vuelto a sumergirse en la profundidad de sus sueños y a dejarse llevar por el adormecimiento para no pensar en cómo afrontar aquel drama. Ahora la razón de su pesadumbre era que su hija estuviera en la cárcel. No quería ni imaginarse cómo reaccionaría su mujer cuando se enterase de lo que le había pasado a Otilia. Para Pepe estaban cometiendo una injusticia y desde su punto de vista ella no había hecho nada malo.

La orensana estaba muy preocupada por el hijo de Hipólito y había vuelto a sus conversaciones con el cura para pedirle ayuda.

El orensano había intentado razonar con Pepe, pensando que de hombre a hombre podrían llegar a algo, pero no había manera de que el padre de Otilia se abriera al mundo.

Alfonsina padecía por dentro y por fuera viendo al hijo de su amado difunto en ese estado. El olor que se desprendía de su piel al entrar en su cuarto le traía recuerdos de otros tiempos que la envolvían en añoranzas. Por las noches, notaba un temblor en el corazón al pensar en el estado de ese pobre hombre.

Alfonsina quería que Pepe volviera a la vida y no tuviera que cerrar los ojos para dejar de sufrir a intervalos. Por eso decidió buscar la manera de sacar a Otilia de la cárcel. Tuvo que recurrir a sus influencias y encontrar al jurista que convenciera al juez para que la hija de Pepe volviera a pisar las calles de la ciudad.

Otilia salió de prisión a los seis meses de haber entrado. El encierro no la había cambiado y abrió la puerta de la casa de Alfonsina derrochando fanfarronería y altivez como era característico en ella. No habló ni una palabra de lo sucedido con la familia con la que estaba y actuaba como si no hubiera pasado nada. La pesadilla se había terminado y ya podían volver a su Galicia del alma.

—Otilia, eres tú! —se asombró Pepe, al mismo tiempo que experimentaba un gran alivio por ver a su hija de nuevo—. No puedo creérmelo. ¿Cómo estás, hija?

—Tenemos que comprar otros billetes de avión —informó ella—. La fecha de nuestro vuelo ya pasó con creces.

—Bueno, ¿qué le vamos a hacer? —exclamó el padre—. Lo importante es que estés aquí, que la pesadilla se haya terminado y que podamos volver a casa.

—Me encerraron, siendo inocente —se alteró Otilia—, y eso no lo olvidaré en la vida.

—Ya, hija mía, fue una desgracia lo que ocurrió —contestó el padre afligido—. Hay mala gente en todas partes.

—Tenemos que volver con las manos vacías —protestó malhumorada Otilia—. Tanto esfuerzo para nada, pero que conste que esto queda pendiente y algún día lo resolveré.

—Bueno, ahora lo importante es arreglar nuestra marcha —dijo Pepe, queriendo cambiar de tema.

—Papá, la maleta en la que estaba el dinero está vacía —informó Otilia a su padre con mirada interrogante después de haber estado en el cuarto, buscando sus pertenencias.

—¿Qué dices? —se sorprendió Pepe—, yo no lo toqué.

Otilia corrió por toda la casa, buscando las miles de pesetas que habían desaparecido y no las encontró por ninguna parte.

—No revuelvas todo, Otilia —le aconsejó Alfonsina al entrar en su casa—. No vas a encontrar lo que buscas porque ese dinero lo utilicé yo para pagarle al abogado que te sacó de la cárcel. Como supondrás, no era suficiente lo que había en la maleta y por eso la mayor cantidad corrió de mi cuenta.

—¡Que atrevimiento! —exclamó Otilia estupefacta—. No creí que llegaras a tanto. Te has empeñado en quitarnos todo y te aprovechas de cualquier situación para conseguirlo. Esto es un robo.

—Estás en mi casa —contestó Alfonsina—, la casa que yo compré con tu abuelo. Recibo ganancias de mi empresa, de la que tu abuelo era socio. Tendrías derecho a una parte de la herencia y yo te hubiera ayudado con todos los trámites si me lo hubieras pedido. No lo hiciste. Desde el primer momento me consideraste una enemiga y actuaste de acuerdo a eso. El orgullo y la arrogancia son obstáculos que vas poniendo en el camino y que se vuelven en contra de ti. Lo peor de todo es que no lo puedes ver y esa ceguera en la que vives destroza todo lo que te rodea.

—¡Que absurdo! —contestó Otilia—, todo lo que dices no es más que una filosofía barata. Tú no sabes nada de mí.

Alfonsina salió al jardín para ver como seguía la obra. El capitán estaba sentado bajo el pórtico y ella se quedó a su lado. Miró hacia el cielo y divisó el rastro blanco que había dejado un avión. El progreso estaba haciéndose visible en todos los puntos del planeta, avanzaba a pasos agigantados y había que correr para no quedarse en el mundo del atraso y de las desventajas, pero también había que evitar que el futuro, con todas sus ventajas, creara generaciones con personalidades con tendencia al abuso y a la destrucción. Su pensamiento se interrumpió al escuchar una voz de mando.

—Necesitamos dinero para comprar los billetes de vuelta —informó Otilia—. Puesto que aún no voy a recibir la herencia de mi abuelo, espero que nos des un anticipo para poder volver a España. Mi madre me necesita

—Vas a tener que trabajar —contestó Alfonsina.

—¿Cómo? —gritó la hija de Pepe encolerizada—. Yo tengo mis derechos en estas posesiones que consideras solo tuyas. Quiero mi parte y la tendré. ¡Tú no me vas a decir lo que tengo que hacer!

—Si cambias de idea —siguió diciendo Alfonsina—, puedes ir al jardín y ayudar con la obra. Yo te pagaría por día.

—¿Pero quién te crees que eres? —vociferó Otilia enrojecida de la rabia—. A mí no me llegas tú a la suela de los zapatos. No podrás conmigo nunca.

—Trabajaré yo —dijo Pepe—. Lo haré por los dos.

—¡No papá! —ordenó Otilia—, de ninguna manera.

Cada día Otilia salía a buscar trabajo y, como era de esperar, solo recibía negativas porque sus aspiraciones estaban por encima de sus facultades. Como no quería admitir su derrota, se inventó un puesto de empleo inexistente en su afán de seguir alimentando su orgullo hasta dimensiones inalcanzables.

La nieta de Hipólito desaparecía durante gran parte del día y nadie sabía cuál era su paradero. Luego llegaba a la mansión y se embutía de asados y otras exquisiteces culinarias que la orensana se pasaba el día preparando.

Pepe se había atrevido a arrimar el hombro en la obra del jardín únicamente cuando su hija estaba ausente. A cambio, Alfonsina le pagaba con creces.

Otilia no tardó mucho en darse cuenta de lo que su padre estaba haciendo para sacarlos del atolladero. En vez de reprenderlo y obligarlo a dejar el trabajo, como era de esperar por su parte, pretendió ignorar el hecho. Así que, aumentó sus horas de ausencia para su padre pudiera prolongar su tiempo de faena.

Pepe se hizo muy rápido con la cantidad necesaria para los billetes de avión. Alfonsina hubiera querido entregarle el legado que le correspondía por parte de su padre, pero no lo hizo. Se lo impidió la debilidad que demostraba ante la codicia y manipulación por parte de la hija.

—Mañana volvemos a España. Otilia trabajó duro y pudimos comprar los billetes de vuelta—. Mintió Pepe a sus paisanos en la Taberna Gallega.

Otilia y Pepe dijeron adiós delante de la casa de la familia que los había acogido. Ella lo hizo fríamente y él, en su papel de codependiente, reprimió cualquier emoción. Salieron en taxi al aeropuerto y de allí cogieron el vuelo con destino a Madrid.

Los pájaros que habían huido del jardín, espantados por el aura que la nieta de Hipólito llevaba consigo, regresaron de su escapada y posaron sus alas en las propiedades de Alfonsina justamente cuando Pepe y Otilia llegaban al aeropuerto de Santiago de Compostela. Estaba lloviendo.

Índice

Capítulo 1 1

Capítulo 2 35

Capítulo 3 46

Capítulo 4 71

Capítulo 5 81

Capítulo 6 91

Capítulo 7 99

Capítulo 8 113

Capítulo 9 125

Capítulo 10 139

Capítulo 11 150

Capítulo 12 160

Capítulo 13 174

Capítulo 14 182

Capítulo 15 197

Capítulo 16 216

Nota de agradecimiento final

Como autora de esta novela, quiero poner de manifiesto la deuda contraída con Néstor Rodríguez Martín, profesor e historiador palmero cuyos trabajos sobre la emigración clandestina a Venezuela me han servido de inspiración y fuente de datos para la narración del viaje a Venezuela de Hipólito, uno de los principales protagonistas de la historia.

En especial mi ficción ha tomado prestadas referencias de su trabajo titulado *La emigración clandestina de Canarias a Venezuela en los años cuarenta y cincuenta del siglo XX*, que se encuentra localizado en: Tebeto: Anuario del Archivo Histórico Insular de Fuerteventura, ISSN 1134-430X, N .18, 2005, págs. 115-144, y del libro inspirador de este trabajo, *La emigración clandestina de la provincia de Santa Cruz de Tenerife a Venezuela en los años 40 y 50: la aventura de los barcos fantasmas*, publicada por Aula de Cultura: Cabildo Insular de Tenerife, 1988, en su colección Arte e Historia, con ISBN 84-505-7670-9.

La autora:
Isabel Gallardo Fernández